La Matinée libertine ou les Momens bien employés (1787)

Mérard de Saint-Just

Andréa de Nercia

LA
MATINÉE
LIBERTINE,
OU
LES MOMENS
BIEN EMPLOYÉS.

A CYTHÈRE.

1787.

La Matinée libertine ou les Momens bien employés, 1787
illustration

QUE fignifie ce petit ouvrage ? — Rien, — a-t-il une clef ? — Non, — Eft-il une galerie de portraits ? — Oui, & non : c'eft le front d'un tel ; le nez d'une telle ; la bouche de quelque autre, mais ce n'eft le vifage de perfonne. — Eft-ce une fatyre ? Des gens, non ; des chofes, peut-être. Non pas en vue de les rendre haïffables : ce ferait dommage ; d'ailleurs, on n'en viendrait point à bout ; mais afin qu'on rie de ce qu'elles ont de ridicule. En un mot, c'eft le jeu d'une imagination lafcive, & voilà tout.

La Matinée libertine , ou les Momens bien employés-Bandeau

LA
MATINÉE
LIBERTINE,

OU

LES MOMENS
BIEN EMPLOYÉS.

*I*L *eſt dix heures du matin. — Une Étrangère de haut rang, gardant, à Paris, une eſpèce d'incognitò, ſous le titre de Comteſſe, prend ſon chocolat au lit, & fait prier Mademoiſelle Cécile de venir lui parler. — Cécile eſt une Françaiſe de dix-ſept ans, de charmante figure, & attachée à la Comteſſe ſur le pied de Demoiſelle de compagnie. La Comteſſe eſt auſſi bien qu'on peut l'être à vingt-ſix ans, lorſqu'aïant d'ailleurs une beauté robuſte, on mène depuis une huitaine d'années l'activité & joïeuſe vie, dont cette Matinée eſt un échantillon.*

《════════》

La Matinée libertine , ou les Momens bien employés-séparateur

C ÉCILE *court au lit de la Comteſſe, & lui fait un compliment d'uſage, auquel celle-ci répond :*

L A C O M T E S S E .

Bon jour, ma chère Cécile, Pourquoi faut-il toujours que je te faſſe apeller ? Mets-toi donc une fois pour toutes à ton aiſe, & penſe que n'aïant pas ici de plus doux plaiſir que celui de ton entretien, je ne peux jamais te voir de trop bonne heure dans mon apartement.

C É C I L E .

Madame la Comtesse a trop de bonté…

L A   C O M T E S S E .

Oh ! ſi tu veux que nous vivions enſemble de bonne amitié, ſonge à ſuprimer, dans nos entretiens particuliers, cette faſtidieuſe qualification de Comteſſe ; elle me rapelle aſſez l'idée d'une diſtance que je veux abſolument te faire oublier.

C É C I L E .

A moi, Madame ; je ſais trop ce que je dois à votre rang.

L A   C O M T E S S E .

Je n'exige de ta part que de l'attachement. N'es-tu pas la fille d'un loyal Gentilhomme, dont j'eſtime le vrai mérite ? et la ſœur de ce charmant poliſſon, au niveau duquel je ne t'ai point caché que je me ſuis miſe avec beaucoup d'intérêt et de plaiſir.

C É C I L E .

L'heureuſe fortune de mon frere ne me diſpenſe pas du plus profond reſpect.

L A   C O M T E S S E .

Pour le coup, tu m'impatientes. Petite Provinciale, ne te corrigeras-tu jamais ? Si tu me mets en colère ; je te traiterai mal fur ma parole… Vîte, que l'on m'embraffe : allons…

(*Pendant que Cécile obéit, la Comteffe lui prend la gorge*).

Quelle fraîcheur ! Quelle fermeté ! Tu rougis ?… Voilà encore de la petite bégueulerie de village. Enfant que tu es ! ne fuis-je pas une femme ?

C É C I L E *foupirant.*

Oui, par bonheur.

L A   C O M T E S S E *fouriant.*

Comment prendrai-je ce que tu dis-là ? Eft-ce une galanterie ? Eft-ce une injure ?

C É C I L E *lui baifant la main.*

Injurier ma chère bienfaitrice ! Moi ! — Que vous me connaiffez mal !

L A   C O M T E S S E .

C'eft donc à dire que fi j'avais l'honneur de porter là. [*On fe doute où la Comteffe place en même tems la main de Cécile*]… quelque chofe de fort différent de ce que tu touches, il me ferait permis d'efpérer…

C É C I L E .

Vous m'embarraffez étrangement. Dites-moi, s'il vous plaît, Madame, eft-ce un perfiflage ufité dans vos cours que ces folies dont vous vous amufez avec moi ?

L A   C O M T E S S E .

Je ne perſifle point. Mes folies ſont celles d'une femme qui chérit toute eſpèce de plaiſir, & qui ſent ce que vaut celui de toucher des formes auſſi délicieuſes que celles de la charmante Cécile [*Une main de la Comteſſe s'égare ſous les jupes de ſon amie*]. Quelle chair ! quel ſatin ! Je donnerais une année de ma vie pour pouvoir être pendant une ſeule nuit un auſſi beau garçon que ton fripon de frère.

C É C I L E ſe laiſſant faire.

Vous perdriez infiniment au change. Belle comme Vénus !…

L A C O M T E S S E allant ſon train.

On dit que je ne ſuis pas mal…

C É C I L E .

Arbitre du deſtin de tout ce qu'il y a d'aimables Cavaliers dans les différens ſéjours qu'il vous plaît d'habiter…

L A C O M T E S S E .

Il eſt vrai que je ſuis aſſez deſirée.

C É C I L E .

Eh bien ! cet état perpétuel de triomphe ne vous ſuffit pas ! Une petite Villageoiſe obtient quelque part à vos attentions, & ſes inutiles apas ont de quoi faire naître chez vous de bizarres deſirs !

L A C O M T E S S E ſoupirant.

Voilà la vérité. — Mais ces apas ne ſont pourtant pas autant inutiles, que tu penſes ; &, ſi tu n'étais pas une morveuſe, on pourrait t'aprendre bien des petites choſes…

7

C É C I L E *rougiffant.*

Hélas ! depuis que j'ai l'honneur de vous apartenir, ne fuis-je pas devenue fort favante ?

L A C O M T E S S E *fouriant.*

Que fais-tu ? L'A, B, C, du plaifir ! les gros principes !

C É C I L E *gaîment.*

Ce font donc des principes, Madame, que ces gentilleffes dont il vous plut dernièrement de me faire instruire par votre colifichet de foi-difant Coufin… [*Regardant fixément la Comteffe*], que, par parenthèfe, je foupçonne beaucoup maintenant de n'être qu'un de Meffieurs vos Pages ?

L A C O M T E S S E *finement.*

La bonne idée ! Ai-je des Pages à Paris ?

C É C I L E .

Non pas auprès de votre perfonne ; mais on fçait que vous les avez placés tous deux, pour leur inftruction, dans une Académie.

L A C O M T E S S E .

Je vois bien qu'on ne rufe pas impunément avec toi. Eh bien ! puifque tu as tant de pénétration, je ne difconviens plus du fait. Oui, Cécile, c'eft au charmant Victor que je t'ai fait donner (ne pouvant la cueillir moi-même) la précieufe fleur de ta virginité. Mais il eft bon de te conter comment j'ai conduit toute cette petite intrigue dont l'un et l'autre vous ne connaiffez que le dénouement.

C É C I L E .

Comment ! vous avez auſſi trompé Monſieur Victor ! croit-il peut-être avoir eu affaire à une Princeſſe ?

L A   C O M T E S S E .

Bien loin de là. — Mais avant tout, que penſes-tu de la perſonne de Victor ?

C É C I L E *avec feu.*

Qu'il eſt joli comme l'Amour.

L A   C O M T E S S E .

Et de ſes manières ?

C É C I L E .

Mais, Madame ; que puiſqu'il n'a pas l'honneur d'être Prince, il eſt paſſablement impertinent.

L A   C O M T E S S E .

Très-bien. Voilà du bon diſcernement, & de quoi m'aſſurer de plus en plus que j'ai pris dans tes affaires le meilleur parti poſſible. Je veux uniquement ton bonheur, ma chère Cécile…

C É C I L E *lui baiſant la main.*

Vous ne ceſſez de m'en donner des preuves.

L A   C O M T E S S E .

Écoute, il s'agiſſait de te mettre ſur la voie du plaiſir, ſans te laiſſer toucher le ſeuil funeſte des paſſions : elles nuiſent toujours à la félicité.

C É C I L E .

Quoi, Madame ! une inclination réciproque, bien tendre…

L A   C O M T E S S E   *vivement.*

Fi donc ! *defirer, jouir, changer.* Dans ces trois mots eft l'unique vérité dérivant de ce qu'on nomme Amour : encor faut-il que tout cela marche rapidement & fe fuccède coup fur coup. Mais une *inclination fentimentale !* des formalités ! des combats ! de la jaloufie ! des mécomptes ! du dégoût ! des reproches ! & le plus fouvent de la bonne haine déguifée en tendreffe ! (car voilà l'immanquable deffin de tout roman amoureux)… Encor une fois, fi de tout cela. Quelle platte exiftence ! quelle chaîne d'erreurs ! — Je voulais, dis-je, que tu reçuffes tes *grades* en galanterie, fans qu'il demeurât aucun droit fur la perfonne à l'heureux maître qui t'aurait endoctrinée… Victor convenait à bien des égards pour la première opération : je l'y deftinai.

C É C I L E .

Opération ! c'eft bien dit, car c'en eft une en effet qu'on endure la première fois.

L A   C O M T E S S E .

Mais que de délices par la fuite ! Tu m'en diras des nouvelles. — Je voulais donc que tu fuffes opérée délicatement & fans conféquence par Victor. Devine jufqu'où nos attentions pour cela fe font portées ?

C É C I L E .

Que fçais-je, Madame ?

10

L A C O M T E S S E .

Je commençai par inſtruire Victor, auſſi neuf que toi pour le moins. Cinq ou ſix leçons que je pris la peine de donner à ce morveux, le mirent en état de me ſeconder dans mon projet. Alors, comme le petit perſonnage eſt très-vain & digne à cet égard d'être né Français, je lui perſuadai qu'aperçu tous les jours, d'un couvent voiſin, dans le manége découvert de ſon Académie, par une Penſionnaire fort aimable, il avait fait ſur le cœur de celle-ci la plus profonde impreſſion.

C É C I L E .

Cela annonce aſſez bien ; je crois lire un roman.

L A C O M T E S S E .

J'ajoutai qu'informée de cette ſingulière paſſion par des perſonnes qui m'avaient conſultée comme Protectrice du jeune homme, j'avais cru ne devoir donner aucune eſpérance pour le mariage, attendu que Victor était de condition, & la tendre Recluſe ſeulement la fille d'un honnête Roturier. Victor fut enchanté de cette circonſpection de ma part…

C É C I L E .

Dès cet âge, avoir un cœur ambitieux & intéreſſé !

L A C O M T E S S E .

Ces paſſions naiſſent avec nous. — Cependant, je dis à Victor qu'aïant la facilité de faire venir, du moins une fois, chez moi la jeune perſonne, ſous prétexte de lui faire

11

entendre raiſon, il y aurait moyen de la guérir peut-être en la traitant fort bien dans un tête-à-tête dont j'aurais la complaiſance de faire naître le moment.

C é c i l e riant.

Vous faiſiez-là pour une grande Dame un fort joli métier !

L a C o m t e s s e .

J'avais mon intérêt. — Victor fut au comble de la joie. Jamais il ne t'avait vue ; il ignorait même abſolument que j'euſſe pris depuis peu une amie auprès de moi. — D'un autre côté, connaiſſant déja mon épineuſe Cécile, ſes préjugés, ſa délicateſſe provinciale ; ſûre de l'effaroucher ſi je lui propoſais de-but-en-blanc de ſe laiſſer initier par un Page…

C é c i l e .

En effet, Madame ; une propoſition de cette nature…

L a C o m t e s s e .

Il fallait donc te dorer la pilulle, & voici comment je m'y pris. Comptant d'avance beaucoup ſur cette aveugle confiance que je commençais à te connaitre, & ſur ton excellent cœur, je te peignis des couleurs les plus intéreſſantes l'état fâcheux où tes innocens attraits devaient avoir réduit un charmant adoleſcent de mes parens qui, pour ne t'avoir vue qu'une fois au ſpectacle, ſans même qu'il ſe flattât d'avoir été remarqué, diſait et faiſait les plus étranges folies, au point nommément de ne plus vouloir continuer ſes voïages, quoique le Gouverneur produiſît des ordres précis de quitter la France à-peu-près à l'époque du funeſte enchantement de ſon pupile. Ton amour-propre, l'intérêt que j'affectais de prendre à la tendre faibleſſe du petit parent, la curioſité de connaitre cet Adonis, il n'en fallait pas tant pour te décider à faire ce que je ſemblais indiquer comme l'unique moïen d'empêcher qu'un enfant précieux ne pérît peut-être, ou du moins reperdît l'eſprit…

C É C I L E .

Il eſt certain, Madame, que vous ſçûtes m'inſpirer de la compaſſion & preſque de la tendreſſe pour un être qui m'était abſolument inconnu.

L A   C O M T E S S E .

Et l'entrevue réaliſa bien ces diſpoſitions ſympathiques. Préſente, mais inviſible pour vous, au lieu de la ſcène, j'avais bien prévu qu'elle ne manquerait pas d'être vive entre deux petites créatures ſans art, dans la première ferveur de l'imagination & des ſens ; ſi bien préparées & réciproquement enflammées de la perſuaſion d'avoir inſpiré le plus violent amour.

C É C I L E .

Oh ! oui. Pour mon compte, je croïais fermement qu'un beau Prince était idolâtre de ma petite perſonne. — Comme vous me berniez, Madame !

L A   C O M T E S S E .

L'erreur de Victor était un peu moins brillante ; il le fallait pour le ſuccès de mes projets ; auſſi, tu peux te ſouvenir qu'il ne fut que très-galant ?…

C É C I L E .

Et même un peu fat. Il m'en parut peut-être plus aimable. — Cependant vous voyiez tout cela, Madame ?

L A   C O M T E S S E .

Parfaitement. — A ſes careſſes faites avec autant de grace que de vivacité, j'ai reconnu que je devais poſſéder au ſuprême degré le talent de l'inſtruction.

C É C I L E .

Il fallait que vous euſſiez expreſſément recommandé la plus grande promptitude à conclurre ? Deux ou trois phraſes exaltées, un petit jeu de mains beaucoup moins reſpectueux, un Roi en jambes fort adroit, mais des plus inſolens, le tout ſans que j'oſaſſe faire la moindre réſiſtance (car j'aurais craint de déſobliger Monſeigneur) ; en un mot, le point déciſif de l'opération qui me fit un mal !… Tout cela fut, comme vous ſavez, l'ouvrage de ſix minutes.

L A   C O M T E S S E .

Et c'eſt préciſément ainſi que je l'avais ordonné. — Mais lorſque tu revins à toi, je crus obſerver que tu n'avais pas la moindre colère contre l'opérateur ?

C É C I L E .

Bien, au contraire. — Quand on a le cœur bon, n'eſt-on pas enchanté d'avoir obligé ?

L A   C O M T E S S E .

Délicieuſe morale ! (*Elle embraſſe Cécile, & commence à chatouiller un peu vivement les apas dont elle s'eſt*

14

légèrement amuſée pendant leur colloque). — Que vous étiez ravissans groupés amoureuſement ſur cette Ottomane ! Quand le petit grivois revint à la charge, & que tu répondis de si bonne grace à cet excellent procédé, je crus voir Pſyché dans les bras de l'Amour. Je fus jalouſe de Victor, de toi ; car tu nierais en vain d'avoir pris grande part à ſon bonheur pendant cette ſeconde jouiſſance ?

C É C I L E .

Il me fit, j'en conviens, de bien jolies choſes.

L A   C O M T E S S E .

Et je le compris à merveilles. Mes deſirs s'allumèrent à l'excès ; je fus ſur le point de m'écrier : « Arrêtez, mes enfans ; vous avez trop de plaiſir ; il faut que je le partage. Attendez-moi ».

C É C I L E .

Vous nous euſſiez fait une belle peur, ma foi !… (*Éprouvant une douce & vive émotion*). Mais !… Mais, Madame…

L A   C O M T E S S E *affectée*.

Les charmans yeux ! Ah, friponne ! Tu vas…

C É C I L E *ſe laiſſant aller en même tems ſur le lit*.

Il eſt vrai… que… vous me faites mourir… (*La Comteſſe, qui s'eſt enflammée pendant ce badinage, s'arrange bruſquement de façon à pouvoir porter ſa bouche ſur la partie que ſon doigt viens d'agacer*), O ciel ! Que voulez-vous, Madame ?… Non… Je ne ſouffrirai pas…

La Comtesse *combatant avec avantage cette réfiftance.*

Laiffe-toi faire ; petite bégueule.

Cécile *cédant.*

Dieux !… Qu'eft-ce que tout ceci ?… Mais, fi donc, Madame ! Il y a de la folie… Je crois… C'eft un fonge… Je… Je meurs, (*Il fe fait un moment de filence, pendant lequel la Comteffe obferve, avec une efpèce d'admiration, Cécile enivrée de plaifir, & fans mouvement*).

La Comtesse *la réveillant par un baifer, & rentrant dans fon lit.*

C'eft ainfi qu'on rive le bec à une petite fophifte qui, fi je l'avais laiffée babiller, aurait voulu me démontrer qu'à moins d'être un Victor, on ne peut la rendre heureufe.

Cécile.

Il faut avouer… que de ma vie rien de pareil n'eût entré dans mon efprit. Quelle bizarrerie ! mais quelles délices ! Et comment, s'il vous plaît, apelle-t-on le badinage enchanteur que vous venez de m'aprendre ?

La Comtesse.

Que t'importe ? As-tu envie de conter à quelqu'un ce qui vient de fe paffer ?

Cécile.

A Dieu ne plaife. Mais enfin il me femble que toutes chofes ont leurs noms ?

La Comtesse.

Ceci n'en a pas de généralement reçu parmi les gens de bonne compagnie. Le vulgaire, moins fait pour les délices que tu viens de goûter, donne à cette pratique un non de pure fantaiſie.

CÉCILE.

Bien cochon, ſans doute ?

LA COMTESSE avec vivacité.

Point du tout. Petite ingrate ! où prenez-vous, s'il vous plaît, qu'il y ait tant de cochonnerie à ſe baiſer là bien amoureuſement ?

CÉCILE.

Mais enfin, Madame… c'eſt par cet endroit qu'on ſoulage l'un des plus vils beſoins de la nature.

LA COMTESSE avec un peu d'humeur.

Nature ! vils beſoins ! Sot jargon de Province que tout cela ! La bouche, ce charme par excellence, le ſiége & l'inſtrument du baiſer, ſoulage auſſi des beſoins qui ne ſont pas les plus nobles de la nature. La bouche eſt le goufre où s'engloutiſſent pêle-mêle de purs & d'immondes alimens. La plus belle bouche crache & fait pis… (*Avec dégoût*). Ne m'y fais pas penſer. — Mais, je crains bien que, malgré les plus heureuſes diſpoſitions du monde, que tu dois pourtant à cette nature ſi dédaignée, je n'aie toutes les peines du monde à te former.

CÉCILE.

Vous en aurez moins que vous ne penſez, Madame. On ne s'inquiète guère du fond des choſes qui ne plaiſent point.

L A   C O M T E S S E .

Oh ! ma fille, de celles-ci la pratique ſuffit, & la théorie eſt abſolument inutile. Paix… N'entends-je pas quelque bruit dans ce petit cabinet ?

C É C I L E *prêtant l'oreille.*

Je n'entends rien.

L A   C O M T E S S E .

C'eſt que je ſuis devenue poltronne comme un lièvre depuis ce qui m'eſt arrivé [avec] cet enragé de Colonel Ruſſe.

C É C I L E .

Ce fut bientôt votre faute, Madame ! Pourquoi, lorſqu'il vous plaît de paſſer quelques momens agréables dans cette pièce, ne vous aſſurez-vous pas de toutes les iſſues qui peuvent y communiquer ? La valetaille eſt curieuſe : on dit que la jeuneſſe vous prit ſur le fait, cédant aux tranſports du Colonel ?

L A   C O M T E S S E .

Le drôle vit tout… C'eſt que, d'honneur, je ne m'étais pas du tout attendue à faire quelque choſe pour ce nouveau débarqué ! J'avais à peine un commencement de goût : il faut qu'il ait été ſorcier pour s'en être douté… On peut preſque nommer *violer* ce qu'il me fit : il eſt bien vrai que je ne m'y opoſais guères. Il ne fut jamais en mon pouvoir de

18

faire le dragon pour un peu d'inſolence de la part d'un homme. Le Colonel uſait en vrai crocheteur de ma faibleſſe, ou plutôt de mon conſentement.

C É C I L E .

A la bonne heure ; car j'ai toujours ouï dire que l'homme le plus vigoureux ne vient point à bout d'une femme qui s'obſtine à ne point ſe prêter.

L A   C O M T E S S E .

Cela ſe peut à la rigueur. Mais je ſçais bien que ce ne ſera jamais moi qui fixerai le degré de force qu'une femme doit oppoſer en pareil cas. Je ſuis beaucoup plus propre à l'expérience contraire. A la ſeule idée du plaiſir ma pauvre tête part. Le moyen de n'être pas toujours… vaincue par le plus faible ou le plus mal-adroit aſſaillant !

C É C I L E .

Revenons au Colonel, Madame ; votre tête était donc partie avec lui ?

L A   C O M T E S S E .

Et nous nous en donnions à corps perdu quand la Jeuneſſe entra : nous ne l'apperçûmes point.

C É C I L E .

Il dut faire dans ce moment une

étrange figure ?

19

La Matinée libertine ou les Momens bien employés, 1787
illustration

L A   C O M T E S S E .

Je n'en fçais rien. Mais apparemment qu'il n'ofa ni avancer, ni reculer. Il attendait en filence la fin de notre feconde paffade qui s'était liée fans interruption à la première. C'eft, à ce que prétend le Colonel, l'ufage de Saint-Pétersbourg. Que n'eft-ce de même, hélas ! celui de Paris !

C É C I L E .

Toujours le petit mot pour rire. Et la Jeuneffe ?

L A   C O M T E S S E .

Étouffant avec peine des ris dont il fentait tout le danger, il demanda *ce qu'il y avait pour mon fervice ?* Je me mis d'une colère horrible…

C É C I L E .

Il y avait de quoi vraiment.

L A   C O M T E S S E .

= « Pourquoi s'emporter comme cela, Madame, dit le Colonel dont le fang-froid me pénétra d'étonnement. Je ne fçais que deux façons de forcer ce drôle au filence ; l'une, de lui faire accepter cette bourfe ;… l'autre, de l'affurer qu'il mourra fous le bâton s'il tranfpire jamais le moindre bruit de cette aventure. Eh ! que dirais-je, Monfieur, repliqua l'adroit coquin ? Que vous vouliez effaïer avec Madame fi un homme peut venir à bout d'une femme en dépit d'elle, & que vous n'avez pu réuffir. Monfieur, il ne faut rien débourfer pour un cas pareil. Cependant, pour que vous ne doutiez pas du fecret de ma part, j'ai l'honneur d'accepter la bourfe ; ainfi, fe fût-il paffé quelque chofe,

21

vous voilà bien sûr que je ne dirai rien. Au ſurplus, ſi Madame n'avait pas prétendu badiner ſeulement en luttant avec vous, aurait-elle ſonné comme elle a fait de toute ſa force ?

C É C I L E .

Vous aviez ſonné, Madame ! à quoi penſiez-vous donc ?

L A   C O M T E S S E .

Pas à ſonner aſſurément. Mais, ce maudit cordon s'était engagé je ne ſais comment ſous mes oreilles. Mes mouvemens étaient vifs ; rien de plus naturel alors que le carillon qui s'était fait, & auquel la Jeuneſſe avait accouru.

C É C I L E .

Oh ! la plaiſante étourderie ! Il eût été comique que toute votre livrée fût ſurvenue, Et qu'auriez-vous fait alors ?

L A   C O M T E S S E .

Je n'en ſais rien. Mais apprends, ma bonne amie, que la femme la plus gauche à ſe défendre des entrepriſes d'un homme, a de l'eſprit comme un ange quand il s'agit de ſortir d'un mauvais pas. Il me ſerait venue quelque mauvaiſe idée. — Cependant ces inutilités éloignent une demande que j'avais deſſein de te faire. Écoute : ſerais-tu fille à rendre aux gens la valeur de ce qu'ils ont fait pour toi ?

C É C I L E *avec embarras.*

Je ne vous entends pas, Madame. Je vous ai de ſi grandes obligations depuis que j'ai le bonheur de vous connaître…

L A   C O M T E S S E *la fixant.*

22

Depuis un moment, à la bonne heure ; & c'eſt de quoi je voudrais exiger un peu de reconnaiſſance. (*Ses regards s'animent ; elle attire Cécile contre ſon ſein, & lui donne un baiſer paſſionné ; puis avec un mouvement indicatif, elle ajoute*) : Si tu ne répugnais pas... Me fais-je entendre enfin ?

C é c i l e toujours embarraſſée.

Je crois y être ; mais...

L a   C o m t e s s e un peu ſérieuſe.

Tu refuſes ! Je ne ſuis pas aſſez fraîche, aſſez attraïante...

C é c i l e avec feu.

Que je ſuis éloignée de le penſer ! Rien dans le monde n'eſt-il deſirable que vous. Mais... la timidité, l'inexpérience. On fait toujours ſi mal ce qu'on ne fit jamais.

L a   C o m t e s s e.

Pauvres ſcrupules !... viens, viens, mon cœur, eſſaye.

C é c i l e s'empreſſant.

Ah ! de toute mon ame.

L a   C o m t e s s e.

... Bien... très-bien... Cherche du bout de la langue un petit point en haut... un peu plus... t'y voilà... tu fais à merveille... dou... ou... cement... là... là... comme un petit Ange... Dieux ! Quelles délices !... Reſpire un peu... maintenant... L'adroite créature ! Ha !... ha !... — Qu'eſt-ce donc... Tu me quittes au plus doux moment !

Ha, ha, ha, ha, ha !

.... Essaie - Ah! de toute mon ame - Bien : très -
bien.... cherche du bout de la Langue un petit
point en haut ... un peut plus .... t'y voila.

La Matinée libertine ou les Momens bien employés, 1787
illustration

L A   C O M T E S S E .

Qu'as-tu donc à rire ?

C É C I L E .

Ce font vos poils, Madame, qui me chatouillent le nez ; &
puis dans ce moment il m'eft venu la plus drôle d'idée…
[*Elle reprend fa befogne*].

L A   C O M T E S S E *s'y prêtant.*

Eh ! fonge à ce que tu fais.

C É C I L E *riant de nouveau.*

Ha, ha, ha, ha !

L A   C O M T E S S E .

Encor ?

C É C I L E .

Avouez, Madame, que tandis que je vous fais cela, je dois
avoir l'air d'un Grenadier avec ces épaiffes mouftaches.
Car, en vérité, quand j'ai le mufeau colé là-deffus, ces crocs
épais & frifés font autant à moi qu'à vous.

L A   C O M T E S S E .

L'extravagante ! Elle me ferait rire auffi fi je n'avais pas à
faire mieux. — Encor un peu de complaifance, bijou ?

C É C I L E .

Je m'y remets bien vîte, & quoiqu'il arrive je ne ris plus.

25

L A C O M T E S S E *après un moment de
filence.*

Ah !… ah !… Cécile, mon ame, tu… tu es la déeſſe du
bonheur. (*Il s'échappe en même tems une liqueur brûlante
que la bouche de Cécile ne peut éviter*).

C É C I L E *crachant.*

Vous ne m'aviez pas prévenue de cela, par exemple.

L A C O M T E S S E *riant.*

Ha, ha, ha ! c'eſt à mon tour de rire. (*Cécile crache &
s'effuie avec un peu de honte & d'humeur*). Te voilà bien
malade, n'eſt-ce pas ! Prenez garde, au moins, c'eſt du
poiſon.

C É C I L E *un peu remiſe.*

Tout coup vaille. Au fond, cela n'eſt ni bon, ni mauvais.

L A C O M T E S S E .

C'eſt à peu près comme un œuf à la coquille. N'en
prends-tu pas quelquefois ?

C É C I L E .

Sans la moindre répugnance. Mais la comparaiſon n'eſt
pas bien juſte. Rien de plus innocent que de humer des œufs
frais ; & quand on prend de cette autre denrée, l'on eſt, ce
me ſemble, un peu Antropophage.

L A C O M T E S S E .

Comme on l'eſt à la mamelle ; comme on l'eſt quand
pour rétablir ſa poitrine on ſe donne une nourrice.

CÉCILE.

Je cède, Madame, car je vois bien qu'il n'y a pas moyen de difputer avec vous.

LA COMTESSE *détachant de fes oreilles des petites boucles de nuit de diamant.*

Tiens, Cécile.

CÉCILE.

Que voulez-vous que je faffe de cela, Madame ?

LA COMTESSE.

Que tu le gardes comme un fouvenir de l'efpèce d'alliance que nous venons de contracter.

CÉCILE *avec un baifer.*

Eft-ce là, Madame, le gage qui convient en pareil cas ? Un ruban dont votre tête aurait été parée pendant quelques nuits, un chiffon de cette efpèce… Voilà ce qui me ferait le plus fenfible plaifir, & je prendrais la liberté de vous offrir à mon tour une bagatelle, moi qui ne fuis pas moins engagée.

LA COMTESSE.

Délicateffe charmante, mais romanefque ! Va, ma Cécile ; tu peux recevoir fans fcrupule tous les petits dons que je veux avoir le plaifir de te faire. Égales par l'amitié, nous différons infiniment du côté de la fortune. Je t'aime, & tu m'es attachée. Nous pouvons nous obliger réciproquement. Pour cela, tu n'as qu'à permettre que je t'aplique fpécialement le befoin irréfiftible que j'ai de répandre fes bienfaits. — Pour le coup, J'entends du bruit dans la première pièce.

C é c i l e *aïant entr'ouvert.*

C'était un de vos gens, Madame.

L a   C o m t e s s e .

C'eſt que j'attends le petit Abbé d'Aventurier. Je l'ai prié de venir aujourd'hui de meilleure heure. — Tu me laiſſeras, ſans affectation pourtant, quand on l'introduira dans cette pièce.

C é c i l e *avec fineſſe.*

Oſe-t-on ſe permettre des conjectures ſur ce petit myſtère ? & n'a-t-il pas de quoi me donner un peu de jalouſie ?

L a   C o m t e s s e .

Quelle idée ! Non, ma fille. L'Abbé me m'*a* point & ne m'*aura* jamais. Ce perſonnage eſt de l'eſpèce de ceux qui, utiles dans l'état de ſurbordination, ne ſont plus bons à rien, dès qu'on a daigné les élever juſqu'à ſoi.

C é c i l e .

Comment, Madame, vous mettez de la politique juſques dans vos plaiſirs !

L a   C o m t e s s e .

Ceci n'eſt pas un calcul de politique. J'ai beſoin de l'Abbé pour mille petites choſes dont il ſe croirait diſpenſé ſi je lui demandais des ſervices plus intimes. Quant à préſent, je ne l'occupe qu'à me faire la gazette ſcandaleuſe de Paris ;

28

s'il ofait me parler de lui-même, il oublierait de me raconter les fredaines d'autrui.

C É C I L E .

Vous, Madame ? qui avez un fi bon cœur, quel plaifir trouvez-vous à entendre des médifances, des calomnies le plus fouvent, quand le Gazetier fent que la vérité nue n'a pas affez de quoi intéreffer ?

L A C O M T E S S E .

C'eft pour la confolation, Cécile, & non par méchanceté, que je me repais de tout ce qui fe fait d'indécent & d'extravagant. Quel bien ne nous faifons-nous pas quand, au cri de notre confcience, nous oppofons la certitude que d'autres ont fait encor pis que nous. Quelle force ne nous donne pas le fentiment de leur faibleffe ! Dit-on que j'ai *eu*, dans un an, le Duc, les trois Marquis, le Vicomte, &, (par politique pour le coup) ce gros Sous-Miniftre qui m'a débarraffée fi naturellement d'un Argus difficile à congédier. Je réponds : « Eh bien ! la petite Ducheffe n'a-t-elle pas eu tous les mêmes ? & de plus les deux Lords & fon jeune Médecin ? fon Coureur » ?...

C É C I L E *avec furprife.*

Son Coureur, Madame !

L A C O M T E S S E *froidement.*

Tout comme un autre, Qu'y a-t-il donc de criant à cela ! — Mais il faut le lui pardonner, l'en féliciter même ; c'eft un drôle fait au tour, bon plaifant et d'une adreffe !... Il ferait maintenant à mon fervice fi je n'avais pas chargé le

29

plus étourdi des hommes de me le retenir. Foligny, qui l'avait propofé le matin, fe fit, le même jour une querelle pour laquelle il fut obligé de quitter Paris pendant un mois. Je ne fçais où prendre fon protégé : la petite Ducheffe, plus heureufe, l'engagea…

C É C I L E .

Là, de bonne foi, Madame ! Vous auriez pu prendre fur vous de favorifer un Coureur !

L A C O M T E S S E .

Je n'en avais pas le projet décidé : mais le caprice ! la commodité ! — Vous avez cependant un défaut, Cécile C'eft encor une gaucherie de province dont il faut tout de bon que vous vous défaffiez.

C É C I L E *s'affligeant.*

Bon Dieu, Madame ! vous me faites trembler. Aurais-je eu le malheur de vous déplaire ?

L A C O M T E S S E *avec amitié.*

Va, tu es une bonne enfant. Mais une autre fois ne pouffe pas ainfi tes amis jufques dans leurs retranchemens. Ne t'embarraffe pas des bornes que peuvent avoir mes fantaifies. Quand tu en auras toi-même tu reconnaîtras qu'il n'y a rien d'extravagant au monde dont un degré de plus de chaleur dans le fang ne rend capable… Eh bien, tu t'attriftes ! Crois-tu, petite niaife, que j'aie voulu te gronder férieufement ! Viens, mon cœur, apprends comme je punis les gens que j'aime. (*Elle attire Cécile fur le lit & s'arrange*

30

avec elle à peu près comme la premiere fois.) Livre-moi ce bijou délicieux… Allons… je le veux…

C É C I L E *après un ſilence.*

Dieux ! quelle yvreſſe !… Madame !… ah !… ah !… les cieux n'ont rien de comparable… ah !… ah !… (*Elle ſe pâme tout à fait.*)

L A   C O M T E S S E *la quittant.*

Tu t'y accoutumes donc enfin !

C É C I L E *treſſaillant & ſoupirant.*

Oh non ! je ne m'accoutumerai jamais à de pareils raviſſemens. Ils auront toujours pour moi le prix de la nouveauté… ſouffrez qu'à mon tour…

L A   C O M T E S S E *avec un baiſer.*

Non, mon cœur, il faut que je me ménage : j'ai pour aujourd'hui, deux grands projets ; l'un, de tempérament ; l'autre de coquetterie. J'ai promis quelques momens heureux à ce bon enfant de Malthais qu'il faut bien arranger enfin pour pouvoir s'en défaire. — (*Cécile marque beaucoup d'attention, & de ſurpriſe…*) Oui, je prétends que dans trois ou quatre jours, au plus tard, il ſoit ſi excédé de mes bontés qu'il y renonce pour la vie. Je ſerais bien fâchée de lui trouver l'entêtement de me demeurer plus long-tems ſur les bras… Son règne remplira tout juſte le tems d'épreuve au bout duquel je dois récompenſer le petit Prince… Celui-ci, je n'en doute pas, a plus d'une corde à ſon arc, & pourrait fort bien m'échapper ſi je le faiſais languir plus long-tems.

31

CÉCILE.

Je fuis caution qu'il vous aime trop, & vous êtes trop au-deffus de toutes vos rivales pour qu'il puiffe défemparer.

LA COMTESSE.

Cette foirée va doubler fa paffion & le chagrin qu'ont ces Dames de le voir dans mes filets. Je vais *aux Italiens infiocchi*, & je l'y mene. Tu conçois qu'il ne faut pas manquer fon coup dans une occafion de cette confequence ! & c'eft pour cela que je veux éviter d'avoir l'air battu.

CÉCILE.

C'eft donc après le fpectacle que vous donnerez audience à l'aimable Chevalier de Malthe ?

LA COMTESSE.

Eh non : je peux bien fans inconvéniens, lui donner une heure de l'avant-midi.

CÉCILE.

Il eft fou d'amour : il n'a pas encor jouï : je ne vois pas trop comment il vous fera poffible de vous ménager…

LA COMTESSE.

Sois fans inquiétude à cet égard, je lui ferai faire beaucoup d'ouvrage, tandis que j'en ferai très-peu. Je ne fuis point amoureufe de ce beau Monfieur-là, moi. C'eft uniquement un bon procédé que je veux bien avoir pour lui… S'il voulait en avoir un excellent, ce ferait…

CÉCILE.

De faire *long-feu* peut-être ? Cela eſt impoſſible avec vous.

L A C O M T E S S E .

Long-feu ! qu'eſt-ce que cela veut dire ?

C É C I L E *avec un peu d'embarras.*

Cela chaſſe quand l'amorce du fuſil s'allume ſans que le coup parte…

L A C O M T E S S E .

Ah ! je t'entends… Mais. (El*le obſerve.*) Cette idée n'eſt pas de toi,… ni de moi… Cécile ? Quelqu'un encor, je le vois bien, ſe mêle de t'inſtruire ?

C É C I L E *très-confuſe.*

Je vous jure que non, Madame.

L A C O M T E S S E .

Et tu rougis !

C É C I L E .

Par enfantillage, de me voir ſoupçonnée, apparemment.

L A C O M T E S S E .

A la bonne heure… Je voudrais, puiſque je dis tout, qu'il plût au Chevalier de me tenir quitte dans notre rendez-vous, pour… ce que me demandait il y a quelque tems un de ſes confrères je ne ſais à propos de quoi, ce jour là je faillis arracher les yeux à l'inſolent Commandeur : quelque nouvelle que la choſe doive être pour moi, je ſuis ce matin à tel point montée à ce caprice, que qui ſaurait s'y prendre…

On n'a pas des idées auſſi folles, & je m'en donnerais des ſoufflets.

C É C I L E .

Eh bien ! Madame, qu'on m'étrangle ſi je conçois un ſeul mot à tout ce que vous venez de dire.

L A   C O M T E S S E .

Tu n'en es pas encor là — mais va-t-en, ma mie Cécile, autrement en dépit du projet de régime je pourrais bien encor te remettre les mouſtaches.

C É C I L E *s'y diſpoſant.*

Ah ! je ne demande pas mieux.

L A   C O M T E S S E *réſiſtant.*

Chut. — Pour le coup ce n'eſt plus une fauſſe allarme. Quelqu'un ſurvient… bien à propos pour que je conſerve ma fraîcheur. Si c'eſt l'Abbé qu'on le faſſe entrer… Et toi ! baiſe… déniche : Adieu — (*Cécile ſort.*)

((══════════))

La Matinée libertine , ou les Momens bien employés, 1787-séparateur

Le nouveau perſonnage qui va paraître ſur la ſcène eſt un de ces Caméléons dont fourmille la Capitale. L'Abbé de St. Longin eſt eſſentiellement un mauvais ſujet. Se mêlant de tout ſans être propre à la moindre choſe honnête ou utile ; aïant du jargon & de la routine de Paris au lieu d'eſprit ;

de la mémoire, au lieu de connaiſſance ; de l'intrigue en petit, une ſoupleſſe baſſe ; un orgueil timide, mais de la fauſſeté, de la patience & de l'adreſſe, ſûrs moyens de ſuccès pour les eſpèces. — Au ton que prend la Comteſſe avec l'Abbé de St. Longin on reconnaîtra qu'elle l'apprécie parfaitement. Elle lui fait faire ce qu'elle veut en l'humiliant. Elle en exige des complaiſances qui prouvent qu'elle ſe ſoucie peu d'en être eſtimée, & qu'elle ne lui fait pas même l'honneur de le craindre en cas d'indiſcrétion.

«══════════════»

La Matinée libertine , ou les Momens bien employés, 1787-séparateur

L'ABBÉ.

En déshabillé ſoigné, en chapeau rond, une badine à la main. Il s'introduit avec une démarche avantageuſe & dit d'un ton à prétention. — N'eſt-il pas un peu matin pour rendre hommage à Madame la Comteſſe ?

LA COMTESSE.

Non, Monſieur l'Abbé. Je vous attendais… Vous êtes *de parole* & je vous ſçais gré de cette attention. — Qu'y a-t-il de nouveau ?

L'ABBÉ *d'un ton précieux.*

Rien d'auſſi intéreſſant, Madame, que l'éclat avec lequel vous ſortez des bras du ſommeil.

LA COMTESSE.

Voilà bien la plus fade galanterie, mon pauvre Abbé ! Pardonnez à mon efprit vulgaire s'il ne faifit pas avec toute l'admiration qui vous eft peut-être due le fens profond de vos galimathias poétiques. Mais, une fois pour toutes, difpenfez-vous de me dire de ces jolies chofes-là. Gardez-les pour la groffe Intendante qui, fi je ne me trompe, en fent bien mieux le prix & qui a amoureufement de quoi vous payer de vos madrigaux.

L ' A b b é .

Quel réveil fatyrique ! ou je lis mal dans l'avenir, ou ce jour fera meurtrier pour les pauvres gens qui tomberont fous votre férule. Comme vous nous accommodez !

L a   C o m t e s s e .

Nous eft fort bien ! vous avouez donc de faire caufe commune avec la vafte Intendante ? Vous *l'avez ?*

L ' A b b é .

Eh mais !… comme il faut bien *avoir* quelque chofe & que mon peu de mérite…

L a   C o m t e s s e .

N'achevez pas, hypocrite Abbé, vous vous en croyez infiniment. — Par bonheur vous avez quelques bonnes parties dont on ne peut s'empêcher de faire cas.

L ' A b b é .

Enchantereffe ! comme vous fçavez bien tour à tour bleffer & guérir !

L a   C o m t e s s e .

On ſçait que vous avez *eu* la pâle niece du vieux Commandeur ?

L ' A B B é *aſſez bas.*

J'en conviens, pour la premiere fois avec vous. Gardez-moi bien le ſecret.

L A   C O M T E S S E .

On vous donnait auſſi, & l'on ne donnait qu'à vous, la femme de ce Plénipotentiaire, ſi ſavante, ſi gauche, qui parlait ſi bien toutes ſortes de langues, & mettait ſi mal toutes ſortes d'ajuſtemens.

L ' A B B é *ironiquement.*

C'était une paſſion académique : nous n'avons preſque fait l'amour qu'en latin.

L A   C O M T E S S E .

A la bonne heure. — Mais vous avez dit-on preſſuré la Dame en grec ?

L ' A B B é .

Ce reproche, Madame eſt de l'hébreu pour moi. — Mais, d'honneur, vous m'embarraſſez étrangement. Ce n'était pas pour vous occuper de mon mince individu que je venais… Souffrez que je m'oublie… (*Il riſque un geſte careſſant.*)

L A   C O M T E S S E   *ſérieuſement.*

Mais, en effet, vous vous oubliez, Monſieur l'Abbé ! tenez-vous cependant pour dit que cela ne vous eſt point permis chez moi.

37

L ' A b b é .

En vérité, vous êtes un vrai dragon aujourd'hui… mais je ſçais… je ſçais de quoi vous adoucir. J'apporte des anecdotes… (*Il baiſe ſes doigts.*) d'une indécence ! d'une vérité ſur-tout…

L a C o m t e s s e .

Bon ſur ce ton. Oubliez pour lors que vous êtes avec une femme, & contez-moi les choſes comme ſi nous étions… deux Abbés.

L ' A b b é *ſouriant.*

La narration, dans ce cas, pourrait être ſaugrenue.

L a C o m t e s s e .

Au fait.

L ' A b b é .

Sçaviez-vous, Madame, qu'on marie après demain la petite Jenny de Florival, âgée de quatorze ans, avec un créſus de Province, à qui l'on n'en peut pas donner moins de quarante ?

L a C o m t e s s e *froidement.*

Je ne connais aucun de ces gens-là ; mais n'importe, contez votre hiſtoire.

L ' A b b é .

Eh bien ! Madame : ce damné de Villemarre… que vous connaiſſez pourtant ?

L a C o m t e s s e .

Celui-ci très-particulièrement. Qu'a-t-il fait ?

L'A b b é .

Furieux de voir qu'on allait lui enlever ſur la mouſtache une petite fille qu'il élevait, comme on dit, *à la brochette* & pour ſon propre compte, vû ſes anciennes liaiſons avec la Mere…

L a C o m t e s s e .

J'ai peine à ſuivre ce narré de procès-verbal. Quel amphigouri !

L'A b b é .

Vous n'avez point de patience.

L a C o m t e s s e .

Allez donc. — Villemarre ?

L'A b b é .

A trouvé moïen de ſe donner la petite avant-hier.

L a C o m t e s s e *froidement.*

Il a très-bien fait.

L'A b b é .

Très-mal, de par le diable ! Car hier matin il s'eſt déclaré dans les pays-bas de ce conquérant une… là !… Entre Abbés pourtant on ne ſerait pas embarraſſé d'énoncer la choſe : au lieu que, ſi vous ne me fourniſſez pas une expreſſion décente, ou ſi vous n'entendez pas à demi-mot…

L a C o m t e s s e .

Villemarre aurait-il… ce que la petite ſolliciteuſe donna l'an dernier au grave Préſident de Rornaigue ?

L ' A B B é .

Tout juſte, vous y voilà. — Villemarre eſt comme certain de devoir cette galanterie…

L A   C O M T E S S E .

A la petite ?

L ' A B B é .

Bonté divine ! — Que dites-vous-là ! — Une enfant ! l'innocence même.

L A   C O M T E S S E .

A qui donc ?

L ' A B B é *à l'oreille.*

A votre amie Madame la Baronne de Breitlock, qui le *ramena* l'autre jour, & dont le *vis-à-vis* a déja mis dans le même cas cinq ou ſix perſonnes de ma connaiſſance.

L A   C O M T E S S E .

Villemarre eſt un fou. Mes gens ne voudraient point de cette femme-là. — L'accident eſt fâcheux pour ce pauvre garçon.

L ' A B B é .

Et pour la promiſe donc ? — C'en eſt une de la plus maligne eſpèce. Il y a tout à craindre, ſur ce pied, que Jenny n'en ait ſa part & ne la communique à Monſieur l'épouſeur ! Le beau préſent de nôces au lieu d'un pucelage !

L A C O M T E S S E .

C'eſt un mariage différé.

L ' A B B É .

Il n'y a pas moïen. Sous quel prétexte ?

L A C O M T E S S E .

En avouant tout uniment la choſe…

L ' A B B É *ironiquement.*

A Madame de Florival peut-être ! Ah ! vous ne la connaiſſez pas ! C'eſt Villemarre, ſon cher Villemarre, dont elle ſe croit adorée, parce qu'il a la complaiſance de lui manger chaque année une vingtaine de mille francs. Un aveu de cette nature ferait manquer net le riche mariage, par l'imprudence avec laquelle ſe conduirait la mère, avant de créver de dépit, ce qui mettrait enfin Villemarre à l'hôpital, On fera mieux ſur ma parole. J'ai été conſulté à tems, je ſuis homme de tête, & de bon conſeil, quand il le faut. Mon avis a paſſé, tout obſtacle eſt applani.

L A C O M T E S S E .

Me voilà préparée à de grandes choſes : écoutons.

L ' A B B É *avec complaiſance & fineſſe.*

Nous faiſons faire ce ſoir au Futur, Villemarre & moi, une partie de filles.

L A C O M T E S S E .

Beau ſtratagême, ma foi ! ſot moïen, Meſſieurs, l'avant-veille d'une nôce ! Un Provincial ! il ne donnera pas dans le

41

panneau, non qu'il vienne à s'en défier ; mais il lui femblera délicat, héroïque, de fe contenir afin d'apporter à fa chère Future toute la vigueur qu'il croit néceffaire à la terrible attaque d'une virginité de quatorze ans…

L'A b b é .

Quelle chaleur ! Laiffez-moi vous expliquer comment la chofe eft concertée. — Nous avons prévû comme vous que le perfonnage fera d'abord récalcitrant… Mais nos créatures…

L a C o m t e s s e .

De quelle efpèce font-elles ? Si c'eft vous qui vous êtes chargé de les fournir, ce fera du plus fin gibier de la rue Saint-Honoré ?

L'A b b é .

Et c'eft précifement ce qu'il faut dans cette occafion. — Ces Demoifelles fe font engagées, fous peine de vingt coups de pied au cul, à ne pas laiffer fortir notre Pourceaugnac de la petite maifon, fans qu'il ait fait folie, du moins avec l'une d'elles, & voici comment fa faibleffe devient très-vraifemblable. On intéreffera d'abord la dupe en faifant tomber la converfation fur fa Province, auffi la patrie de nos culs-crottés, & qu'elles connaiffent parfaitement. Villemarre demandera, fans affectation, fi elles y ont entendu parler de Monfieur un tel, — notre homme. — Beaucoup. Elles fe fouviennent très-diftinctement de lui. — C'eft un parfait honnête homme ? — Comme tout le monde. — Aimable ? galant auprès des femmes ? tout fait pour les charmer ? —

Lui ! point du tout. Il eſt au contraire connu pour impuiſſant. — Cela n'eſt pas poſſible : on ſçait qu'il a demandé & obtenu une Demoiſelle de condition. — Cela n'eſt pas poſſible ! Il va conclure. — Ce ſera donc juſqu'aux affaires du lit excluſivement. = Vous voyez d'avance, Madame, notre Provincial ſourdement furieux, n'oſant ſe trahir parce qu'il eſt *en partie fine, incognitò ?* Vous vous doutez bien qu'il prend fait & cauſe pour l'accuſé ? Les accuſatrices, feignant d'y regarder de plus près, trouvent que ce zélé défenſeur porte un viſage dans le goût de celui de ſon protégé. La reſſemblance eſt perſiflée, on affirme qu'il eſt malheureux de porter dans le monde le même maſque qu'un *inutile-avéré…* Surcroît de colère d'un côté, & de perſiflage de l'autre. Pendant cette alternative, nous aurons ſoin d'aiguillonner notre homme : le champagne jouera ſon rôle. Villemarre dira malignement à l'oreille de notre convive que l'unique moyen de rabattre le caquet de ces caillettes… (J'avais oublié de vous dire, Madame, qu'elles ne paſſeront nullement pour être *du monde* ; mais bien pour être des couſines à moi ;) que l'unique moïen, dis-je, de les mettre dans leur tort, ſerait de leur monter la cervelle & d'entraîner l'une ou l'autre dans le boudoir, où *prouvant* d'abord…

L A C O M T E S S E *avec ennui.*

Faites-moi grace du reſte.

L ' A B B É .

Après l'affaire, il croira perſifler à ſon tour ces Demoiſelles, en ſe faiſant connaître pour Monſieur tel, nullement impuiſſant.

L A   C O M T E S S E .

Il n'y a de vrai dans tout cela que la vérole qui ne pourra lui manquer.

L ' A B B É .

Ce feront ces belles & bonnes affaires. Il nous fuffit qu'en cas d'accident, c'eft-à-dire, fi la petite, au défaut de nos catins, poivre le nouvel époux d'importance, on ait bifque fur lui ; qu'on puiffe crier *à l'horreur ; à l'infamie.* Bien plus, c'eft que pour acheter la paix il eft probable que le criminel fera quelque gros facrifice d'argent, en faveur de la Fille & de la Mère, aubaine dont il ne manquera pas de réfulter quelque revenant bon pour Villemarre & même pour votre petit ferviteur.

L A   C O M T E S S E .

Tout cela eft furieufement tiré par les cheveux, & le piége n'eft guère adroit. Au furplus, de quoi ne vient-on pas à bout avec les fots ! — Mais ne fçavez-vous que cela ?

L ' A B B É .

Une bonne folie encor ! — La jolie Madame de Kerdoniec dont l'époux eft en courfe depuis deux mois fur une Frégate du Roi…

L A   C O M T E S S E .

Eh bien ?

L ' A B B É .

Sçavez-vous qu'elle eft folle du petit violon Bambinello ? & ce qu'elle a imaginé pour s'arranger avec ce virtuofe *fans être infidèle à fes devoirs d'époufe ?* C'eft fa prétention. — Oh ! c'eft bien l'arrangement le plus extraordinaire. Le petit Italien, qui n'y voit rien apparemment que de fort uni, nous a conté la chofe en plein café, je crois, Dieu me damne ! pour établir & vanter la vertu de fa charmante Bretonne.

L A   C O M T E S S E .

Et ce bel arrangement eft ?...

L ' A B B É .

De *vivre* avec le féduifant Violon, pourvû qu'il confente à s'abftenir tout jufte de ce qui fait, à la lettre *un cocu*, pouvant d'ailleurs s'accommoder de tout ce qui n'eft pas à la rigueur le domaine conjugal, par la jouïffance conjugale.

L A   C O M T E S S E *avec intérêt.*

Ceci eft réjouïffant... par exemple ! — Et le traité s'eft conclu ?

L ' A B B É .

Conclu, cimenté. Baifers de toutes efpèces ; maniement de toutes les formes ; droit de vifite & même d'accès fur le feuil des terres du mari, toutefois avec exclufion de l'outil facramentel, qu'on y fouffre fous aucun prétexte, mais auquel, en revanche, on a donné pleine inveftiture de ce petit fief dont les Canons défendent aux maris eux-mêmes d'entrer en poffeffion.

L A   C O M T E S S E *involontairement.*

Les Canons n'ont pas le fens commun. — Cependant, l'apanage du petit Violon a bien encor fes attraits pour qui n'a pas beaucoup d'amour-propre.

L ' A B B é avec l'air d'entendre quelque finesse
à cette réflexion.

Je suis tout à fait de cet avis, Madame. Moi, par exemple, je passe ma vie à chercher les sentiers où l'on ne rencontre personne. Oh ! je ne suis pas gênant.

L A   C O M T E S S E séchement.

C'est le moïen d'être souffert. — Mais j'aime l'expédient qu'a votre belle Kerdoniec pour demeurer fidèle ! C'est dans la vérité du mot, une restriction Jésuitique, & l'on peut dire que cette Dame est la bourgesse par vertu.

L ' A B B é riant aux éclats.

L'expression est heureuse. Je veux d'honneur brocher une petite pièce de société sous ce titre. Hé ! tout en badinant je mettrais peut-être à la mode un nouveau système. Il serait assez à souhaiter qu'on vît se multiplier l'accommodante secte des bourgesses par vertu.

L A   C O M T E S S E follement.

Eh l'Abbé ! qu'importe aux amateurs, pourvû qu'il y en ait, que ce soit par vertu, par tempérament, par caprice, ou par curiosité… — (minaudant & se retournant.) Mais je suis donc folle ! Comme la mauvaise compagnie nous gâte ! on n'a qu'à se trouver comme cela seule avec un Abbé, pour devenir de l'indécence d'une fille de bordel !

L ' A B B é soupirant.

Malheureusement, hélas ! vous êtes incapable de vous oublier autrement, avec moi qu'en propos.

L A   C O M T E S S E *d'un ton dur.*

Il ferait assez plaisant que vous espérassiez davantage !

L ' A B B É *d'un ton modeste.*

Je n'en conviendrais pas. Mais, je suis loin de pouvoir prétendre à quelque bonté de votre part ; ménagez-moi du moins, ne vous amusez pas à m'enflammer, pensez que je suis un humain… qu'on n'a pas impunément accès auprès d'une femme adorable, à son chevet encor ! & cela pour causer de choses qui ne peuvent qu'irriter à l'excès la tentation…

L A   C O M T E S S E *goguenardant.*

Par malheur, mon cher, il est assez égal que vous soïez tenté.

L ' A B B É *vivement.*

Je n'en suis que trop certain. Votre fierté ! — Que suis-je ? Un petit Prieur sans grande naissance, sans célébrité. De la bonhomie ? de la discrétion ? beaux titres pour vous intéresser, quand je citerais encor mon admiration & mon excessif attachement pour vous.

L A   C O M T E S S E .

Sçavez-vous, l'Abbé, que quand vous vous exprimez comme tout le monde, & que vous êtes en pointe de tendresse, vous êtes passablement intéressant !

L ' A B B É *tombant à genoux.*

Plût à Dieu que je le fuſſe mille fois davantage, & que je puſſe enfin vous déterminer !…

L A   C O M T E S S E *froidement.*

A quoi ?…

L ' A B B É *avec embarras.*

A tout ce qu'il vous plaira.

L A   C O M T E S S E .

Jamais, d'abord à ce qui me plaît avec les gens que j'aime bien ?

L ' A B B É .

Eh bien !… à tout le reſte…

L A   C O M T E S S E .

Quoi ? Si j'avais des caprices étranges ?… humilians ?

L ' A B B É *s'enflammant.*

Il n'y a rien d'*étrange*, rien d'*humiliant* aux yeux d'un homme qui deſire, & qu'on a ſubjugué.

L A   C O M T E S S E .

Il me paſſe pourtant quelquefois par la tête des folies… qu'à peine oſerais-je mettre au jour.

L ' A B B É .

Je ſuis certain que je les devinerais à coup sûr, ſi vous aviez la pitié de me donner la préférence pour les ſatisfaire…

L A   C O M T E S S E *s'animant.*

48

En vérité, Prieur, vous êtes preſque ſéduiſant aujourd'hui ; & ſi je me trouvais dans les diſpoſitions où je me ſurprends quelquefois… vos yeux… vos diſcours…

L ' A b b é *avec feu.*

Ah ! S'il m'était permis d'employer pour vous perſuader quelque choſe de plus éloquent encor que mes regards & mes paroles, elles ſurviendraient peut-être encor ces diſpoſitions favorables… précieuſes…

L a C o m t e s s e *tournant le dos.*

Laiſſez-moi, mon cher ; je ne veux rien voir du moine… Gardez-vous d'abuſer d'un moment de diſtraction… Sonnez, je vous prie. (*Elle entend un bruit de chaînes de montre qui annonce quelques préparatifs*). Sonnez, vous dis-je. [*En avançant derrière elle une main, comme pour écarter l'Abbé, elle rencontre le plus fort argument que l'on puiſſe emploïer en pareille occaſion*]. Eh bien !… voilà de l'inſolence, par exemple. Vous allez vous faire de très-mauvaiſes affaires, ſi vous me pouſſez à bout… Je vous laiſſe le moment de réparer vos ſottiſes.

L ' A b b é , *ſoit que le deſir le commande, ſoit qu'il ne croie point à la prétendue colère de la Marquiſe, riſque de gliſſer les mains ſous les couvertures, & ſaiſir les feſſes de cette Belle.*

Duſſiez-vous m'accabler de votre indignation, je n'y tiens plus ; il y a de la cruauté à mettre un pauvre diable dans l'état où je ſuis, ſans qu'il lui ſoit permis…

49

L a   C o m t e s s e .

Il paraît que vous ſavez au beſoin vous paſſer de permiſſion.

L ' A b b é *prenant courage, vû qu'on ne s'eſt point dérangé.*

Oui, j'atteſte bien les cieux & les enfers que, ſi les charmes divins qui me brûlent en ce moment pouvaient me devenir propices…

L a   C o m t e s s e *gaiment.*

Je penſe que ce lot vaudrait bien celui d'un petit violon.

L ' A b b é *exalté.*

Ah ! pour lui je renoncerais volontiers à toutes les fortunes de l'univers.

L a   C o m t e s s e *toujours plus gaiment, & ſans ſe déplacer.*

Cette déclaration n'eſt pas des plus flatteuſes pour le voiſinage…

L ' A b b é *ſe maintenant.*

Cruelle ! vous m'avez ſi ſévèrement défendu d'aſpirer à cette précieuſe moiſſon de félicité.

L a   C o m t e s s e .

Vous attachez donc bien du prix à la glanure ?

L ' A b b é *avec tranſport.*

Daignez vous en convaincre. Souffrez…

L a   C o m t e s s e .

Réglons auparavant les conditions.

L ' A b b é .

Ordonnez ; je foufcris à tout… j'en jure.

L a C o m t e s s e .

Sur l'autel même ? Le ferment doit être facré… La drôle de cérémonie !

L ' A b b é .

Hâtez mon bonheur… Je fuis confumé… Dictez la loi.

L a C o m t e s s e .

Premièrement, vous renoncez à toute prétention aux gradations, et de votre vie vous n'aurez la témérité de folliciter un autre pofte que celui qu'on daignera vous abandonner. Jurez.

L ' A b b é .

Je le jure de tout mon cœur.

L a C o m t e s s e .

Vous demeurerez aveuglément foumis à tous mes caprices libertins, de telle nature qu'ils puiffent être ? Vous ferez prêt à tout ? Jurez.

L ' A b b é .

Je jure avec délices.

L a C o m t e s s e .

Bien entendu que vous n'aurez jamais l'arrogance de me citer comme aïant fait quelque chofe pour vous ? Jurez.

51

L ' A B B é .

Je le jure. Faites-moi mourir ſous le bâton, ſi jamais je me vante de la moindre faveur.

L A C O M T E S S E *faiſant face.*

Pour le coup vous vous rendez ſi accommodant… Il ne s'agit plus que de ſçavoir ſi vous êtes propre à remplir vos engagemens, et ſi l'on peut s'expoſer ſans danger…

L ' A B B é *produiſant aux yeux de la Comteſſe*
l'inſtrument futur de leur fantaiſie.

Voyez ; ange de bonheur ! ne ſemble-t-il pas que la nature ait eu pour cela même des vues particulières ſur moi cette forme allongée et pointue…

L A C O M T E S S E *examinant.*

Il eſt vrai qu'à moins d'emploïer cet outil à votre vilain objet, il doit n'être bon à rien. Un ſtilet fait pour aſſaſſiner ailleurs, ſans y donner du plaiſir. Vous avez là, mon cher Abbé, dans toute la force du terme, une partie honteuſe.

L ' A B B é .

Laiſſez-là donc ſe cacher au plus profond de cette retraite ; car enfin vous avez promis.

L A C O M T E S S E *s'arrangeant.*

Et je ne ſçus jamais manquer à ma parole.

L ' A B B é *touchant au but.*

C'eſt tout de bon du moins ? Il ſerait criant de me tendre un piége.

52

L a   C o m t e s s e *en poſture.*

Quoi ! vous doutez encor !

L ' A b b é .

Oui, ſi regardant tout ce que nous avons dit comme une plaiſanterie, je ne ferais pas mieux de baiſſer d'un cran… Quand il n'y a qu'un travers de doigt entre l'obéiſſance & l'outrage, on eſt indécis…

L a   C o m t e s s e *ſévèrement.*

Si vous étiez aſſez impudent pour faire ſeulement ſemblant de vous tromper…

L ' A b b é .

Paix, paix, point de colère. Je me mets à tous devoirs… (*Il s'inſtalle*). C'eſt bien là, n'eſt-ce pas ? — (*La Comteſſe ne répond qu'en donnant des facilités*). Eh bien ! je ne troquerais pas de deſtin avec le plus heureux de vos adorateurs. (*Il pénètre avec ménagement, quand il eſt paſſablement avant il ajoute*) : oſe-t-on aller à fond ?

La Matinée libertine , ou les Momens bien employés-Figure page 37

LA COMTESSE.

J'ignore ce que c'eſt que d'avoir des demi-complaiſances.

L ' A B B É .

Oh bonheur ! oh raviſſement !... ſéjour des Dieux !...

L A   C O M T E S S E .

Ou plutôt des canulles !

L ' A B B É *hors de lui.*

Que ne puis-je y laiſſer toute mon ame ! — (*Il achève de jouir dans un ſilence interrompu ſeulement par quelques ſanglots paſſionnés*).

L A   C O M T E S S E *après l'affaire.*

Il faut que je ſois folle !

L ' A B B É
Lui baiſant la croupe avec tranſport.

Dites juſte, compatiſſante.

L A   C O M T E S S E .

Çà, mon cher Abbé, laiſſez-moi maintenant, & vous reviendrez demain.

L ' A B B É .

Fort bien ; car je n'ai pas encor conté la moitié de mes hiſtoires.

L A   C O M T E S S E .

C'eſt pour cela donc...

L ' A B B É .

Et… puis-je me flatter de retrouver chez vous la même complaiſance ?

L A   C O M T E S S E   *froidement.*

Peut-être… ſi cela me paſſe encor par la tête, ou que je n'aïe pas d'autres vues ſur vous.

L ' A B B é   *tranſporté.*

Serait-il bien poſſible ! Malgré les burleſques ſermens qu'il vous a plu d'exiger !…

L A   C O M T E S S E .

Bride en main, M. le Prieur. Ne vous égarez point. Toujours les vraies faveurs excluſivement. Oh ! je vous eſtime trop pour vous expoſer jamais à la honte d'un parjure…

L ' A B B é .

Hélas ! il y a ſi peu de chemin à faire pour que je ſois relevé de mes ſermens !

L A   C O M T E S S E   *malignement.*

Vous n'en êtes pas moins pour la vie à mille lieues de l'autre but.

L ' A B B é . ſoupirant.

Eh bien ! conſolons-nous avec ce que l'on nous donne. — Que du moins, avant de m'éloigner, j'imprime un baiſer bien reconnaiſſant ſur l'une… (*Il baiſe une feſſe*), & l'autre… (*Il baiſe*), de mes adorables bienfaitrices.

L A   C O M T E S S E   *avec un mouvement malin.*

N'oubliez pas en paffant l'adorable bienfaiteur lui-même… A votre aife, Monfieur l'Abbé.

> L ' A b b é , *après avoir affez follement obéi, profite de la pofition pour faire à la Comteffe ce qu'elle avait éprouvé fi voluptueufement de la part de Cécile. Le badinage fe foutient jufqu'à ce qu'il ait fon plus extrême effet. La Comteffe eft prefque fans connaiffance. L'Abbé, ravi, s'écrie avec exaltation.*

Adieu, ma Vénus Callipyge ; ce jour eft l'un des plus beaux de ma vie.

(*L'Abbé prend canne & chapeau*).

> L a   C o m t e s s e *revient à elle-même & fe lève pour fe purifier.*

— Adieu donc, petit Florentin, à demain. (*L'Abbé vient lui baifer la main*). (*Elle ajoute*). Ma foi ! les hommes font auffi extravagans que nous. Le joli chien de bonheur pour lui !… & pour moi donc ! — (*L'Abbé s'éloigne ; elle fe remet au lit*).

((════════════))

La Matinée libertine , ou les Momens bien employés, 1787-séparateur

La Comtesse ne pouvant fe rendormir, parce que la fcène qui vient de fe paffer n'a pas laiffé que de l'agiter, quoiqu'elle n'ait eu que le plaifir de fatisfaire un caprice, & d'humilier un homme ; la Comteffe, dis-je, fait apeller de nouveau fa chère Cécile. Celle-ci furvient prefque auffitôt.

«══════════════»

La Matinée libertine , ou les Momens bien employés, 1787-
séparateur

C É C I L E .

Eh bien, Madame ? déja feule ! Vous n'avez pas gardé M.
l'Abbé bien long-tems !

L A   C O M T E S S E .

Bon ! me crois-tu capable de perdre toute une matinée à
écouter des fadaifes ! L'Abbé eft un enfileur de la première
force. Quand j'ai vu qu'il commençait à fe déboutonner, &
qu'il s'agiffait d'effuïer des longueurs à n'en plus finir, je
lui ai tourné le derrière ; il a entendu ce que cela voulait
dire, & il a pris fon parti.

C É C I L E .

Voilà un bel et bon caprice de part et d'autre ! Il ne
reviendra donc plus ?

L A   C O M T E S S E .

Tu le verras demain matin. Plus on tourne le dos à de
certaines gens, plus on eft certain de fe les attacher.

C É C I L E .

D'ailleurs, vous faites au fond affez de cas du petit
perfonnage ; & je le foupçonne d'avoir fort à cœur de
demeurer au nombre de vos protégés. Il y en a même
quelques-uns à qui M. l'Abbé donne de l'ombrage.

L A   C O M T E S S E .

Ils ont bien tort, en vérité ; car fes vues font abfolument opofées à celles de cet effaim amoureux qui compofe ici mon petit férail, & l'Abbé fait bien. On ne va jamais auffi vîte à travers une foule, que par les fentiers détournés.

C É C I L E .

J'aime à la folie votre manière de définir les chofes…

L A   C O M T E S S E .

Je n'ai pas mal auffi, quand je veux, le talent de les déguifer. — Mais, dis-moi, n'a-t-on donc point de nouvelles du Chevalier ? Dans fa pofition, il me paraît marquer bien peu d'empreffement ! Je m'en étonne.

C É C I L E .

J'apporte, Madame, un billet de fa part.

L A   C O M T E S S E .

Eh ! que ne l'as-tu donc donné tout de fuite ?

C É C I L E .

De bonne-foi, Madame, je ne croïais pas devoir mettre plus d'empreffement à préfenter le poulet, que je vous en voïais à favorifer l'écrivain. Vous me parliez de lui ce matin avec un fi beau froid…

L A   C O M T E S S E *froidement.*

Mais ! il me femble que non. Ne t'ai-je pas dit que fon affaire était arrangée pour aujourd'hui ? Oh ! quand j'ai réfolu quelque chofe dans ce goût, c'eft comme fi l'on en avait un *bon* figné.

C É C I L E .

Ainſi donc ! *Elle ne peut retenir un ſoupir.* On peut être certaine que M. le Chevalier recevra, ce jour même, la récompenſe de ſon délicat amour ?

L A   C O M T E S S E .

S'il n'était pas un nigaud, il ſerait venu ce matin. Je n'avais rien de mieux à faire que de le bien traiter : j'aurais renvoïé le Prieur.

C É C I L E .

Eh bien, Madame, prenez donc la peine de lire ce billet : on attend la réponſe dans mon entre-ſol.

L A   C O M T E S S E .

Le Chevalier ?

C É C I L E .

Lui-même.

L A   C O M T E S S E .

Pourquoi donc écrire ? — Mais, fais-moi lecture de cela. Il peint ſi mal, que je ne me ſuis jamais fatiguée à déchiffrer ſon barbouillage.

C É C I L E .

Quoi ! Madame, vous pouvez réſiſter au plaiſir de lire ce que vous écrit un Amant ?

L A   C O M T E S S E *ricannant.*

Tu n'y penſes pas. De dix billets qu'on m'adreſſe, je n'en lis quelquefois pas deux. Ce n'eſt pas avec la plume, mon enfant, que fe traitent les affaires de galanterie. Une épître amoureufe ne fait de l'effet que dans un roman. — Lis pourtant celle-ci.

C é c i l e lit pofément.

« Cruelle & charmante Comteffe…

L a C o m t e s s e interrompant.

Riche début ! Une antithèfe… C'eft la figure à la mode. Voïons la fuite.

C é c i l e lifant.

« Charmante Comteffe…

L a C o m t e s s e .

Il y a cruelle & charmante. Pourfuis.

C é c i l e lifant.

« On ne peut donc vous aimer, fans être malheureux de mille manières… »

L a C o m t e s s e choquée.

Ah ! ah ! voici du nouveau.

C é c i l e lifant.

« Quand on n'a plus à fouffrir de votre fierté, c'eft par votre coquetterie qu'on fe trouve en but à de nouveaux fuplices…

L a C o m t e s s e .

Par ma coquetterie ! Fort bien. Quels font donc fes crimes ? Ecoutons.

61

C É C I L E *lifant.*

« J'accours plein d'un efpoir fondé ; mais j'ai la douleur de me voir devancé de quatre pas, par un de ces Frêlons importuns, à qui la nullité de leur être… et… et… Le refte eft un peu difficile à lire…

L A C O M T E S S E *impatientée.*

Donne, donne-moi, Cécile… Je vais à coup fûr éplucher des fottifes. A merveille. *Elle prend le papier.* « Ces Frêlons importuns à qui la nullité de leur être… » Nullité ! Il s'y connaît… « de leur être, et vos caprices, Mefdames ». Il eft joli celui-là ! (*Elle lit.*) « Vos caprices, Mefdames, donnent le droit de s'infinuer par-tout, de gêner, et… que fait-on ? de s'arranger peut-être aux dépens de l'univers. » *Elle fe fâche.* Voilà bien le plus infolent écrit… J'en fais affez. Qu'on dife à M. le Chevalier qu'il n'y a point de réponfe, et qu'il peut fuivre hors de chez moi le Frêlon qu'il a vu l'y devancer… Mais non, fçachons le refte… Lis.

C É C I L E *reprenant la feuille & lifant.*

« Tout autre que moi ne ferait point entré…

L A C O M T E S S E *courroucée.*

Et fur-tout n'aurait point écrit ?

C É C I L E *lifant.*

« Mais j'ai voulu fçavoir jufqu'à quel degré je puis être malheureux. Tandis que j'enrage ici, un poliffon a le bonheur. *La Comteffe fourit*, de vous voir… »

L A C O M T E S S E .

Après ?

C ÉC I L E lifant.

« De vous entretenir ?…

L A C O M T E S S E .

Après ?

C ÉC I L E .

« De vous manquer peut-être…

L A C O M T E S S E très-irritée.

Voilà ce que j'attendais ! Oh, non, M. le Chevalier on ne me manque point. Mais ſa paſſion eſt amuſante, et la peinture qu'il nous en fait diſſipe mon humeur… Après ? eſt-ce bien long encor ?

C ÉC I L E .

Je ſuis preſque à la fin. (Elle lit.) « Suis-je tendre, ſuis-je prudent, quand je commande au reſſentiment le plus juſte, et me borne à vous jurer que je vous idolâtre encore… telle que vous allez ſortir du funeſte tête-à-tête que vous accordez au plus humiliant des êtres, avec lequel je puiſſe me trouver auprès de vous en concurrence ? — Adieu, réponſe s'il vous plaît ».

L A C O M T E S S E .

Le joli petit écrit ! Ah ! M. le Chevalier ! vous vous donnez les airs d'être jaloux ! Vous prenez un ton ? Mais ! mais ! c'eſt tout ce qu'on pourrait à peine pardonner à quelqu'un de fort aimable, que l'on aurait la ſottiſe d'aimer ! Oui, mon petit Monſieur, vous allez avoir une réponſe. Donne-moi une table de lit, ma chère Cécile, il faut écrire de bonne encre à cet impertinent-là.

C É C I L E .

Je demande grace pour le Chevalier, Madame ; il eſt exceſſivement amoureux. C'eſt un beau défaut dans ce ſiecle d'indifférence et de perfidie.

L A   C O M T E S S E .

Eh bien… Il faut du moins lui faire peur… Donne toujours.

L A   C O M T E S S E ayant ce qu'il faut, écrit
avec des mines, qui marquent que ſon billet
ne ſera pas doux.

Ecoute ce que je lui mande, Cécile. *Elle lit.* « Tant pis pour vous, Monſieur, ſi vous avez pris de travers la viſite d'un homme avec lequel, à la vérité, j'avais à traiter fort myſtérieuſement de quelque choſe… »

C É C I L E .

Haye ! haye !

L A   C O M T E S S E ſouriant.

Il faut bien irriter ſa jalouſie pour l'en punir ; mais tu vas voir. *Elle lit.* « De quelque choſe qui pourtant n'avoit rien de commun avec vos intérêts… »

C É C I L E .

Il n'en croira rien. La prévention d'un amant !

L A   C O M T E S S E avec humeur.

D'un ſot ! — J'achève. *Elle lit.* « Si mal-adroite à faire votre bonheur, Monſieur, je craindrais de le manquer encore, en tenant la parole que je vous avais donnée pour aujourd'hui. Souffrez donc que la partie ſoit remiſe, à moins que vous ne préfériez de la rompre tout à fait, ce que je ſuis trop civile pour vous conſeiller, mais trop franche pour ne pas vous indiquer comme le moyen de recouvrer ſans doute votre tranquilité, ſans ceſſer pour cela d'être de mes amis. — Adieu. Qu'en penſes-tu, Cécile » ?

C É C I L E .

Que l'amertume de ce billet cauſerait à votre amant un déplaiſir mortel, et que vous vous en feriez un implacable ennemi !

L a C o m t e s s e .

Oui, tu as raiſon, parce que cet homme qui n'a pas encore fait ces caravannes dans le monde, a la bêtiſe d'être amoureux ! d'idolâtrer ! quel ridicule ! Tiens, Cécile, c'eſt une leçon. Je ne veux plus de ces gens à délire, et dès que quelqu'un débutera près de moi ſur le ton de la paſſion, tu verras ſi ma porte ne lui ſera pas abſolument interdite. Qu'on m'aime tendrement, vivement, folâtrement ; qu'on me deſire, qu'on me le prouve ſur-tout, voilà ce qu'il me faut. Je te le diſais ce matin : voilà le danger…

C é c i l e *interrompant.*

Des Abbés, Madame, c'eſt-à-dire, de tout patelin…

L a C o m t e s s e *ſouriant.*

De la morale ! tu vas me gronder, je crois…

C É C I L E .

Mettez-vous un moment à la place de ce pauvre Chevalier. Votre petit pantin de tonſuré vaut-il donc la peine qu'il y ait à ſon occaſion une brouillerie, dont je vois le plus galant homme du monde ſur le point de devenir la victime !… Daignez ſouffrir un conſeil de ma part, Madame. Voyez le Chevalier, et que votre débat finiſſe par une entrevue plus délicieuſe pour tous deux, après ce léger mal-entendu.

L A   C O M T E S S E   à elle-même.

Cette petite fille a la plus belle ame que je connaiſſe. — Eh bien ! oui, Cécile, à ta prière je fais grace. Mais je veux qu'après l'éclairciſſement mon capricieux connaiſſe à quel péril il s'était expoſé ; que tu lui faſſes voir ma réponſe, et qu'il ſçache que c'eſt à toi ſeule qu'il devra ſon pardon.

C É C I L E .

C'était aſſez mon intention, Madame… Quoiqu'il fût ſans doute plus délicat de lui laiſſer ignorer ces détails ; mais…

L A   C O M T E S S E   lui prennant la main.

Tu me fais venir une idée. N'aurais-tu pas quelque envie de te donner le Chevalier ?

C É C I L E   avec embarras.

Moi, Madame ! Oſerais-je m'avouer à moi-même un penchant qui me rendrait coupable d'entrer en lice avec vous ?

L A   C O M T E S S E .

Enfant que tu es ! Va, ſi le Chevalier peut t'amuſer, fais-toi le plaiſir de *l'avoir*. Je te l'ai déja dit. Je n'ai point pour lui de préférence marquée. Il faut que je le voie, moi. *L'ordre des choſes* le veut ainſi, puiſqu'il m'a rendu, pendant un tems remarquable, des ſoins que je paraiſſais agréer. Une aventure doit avoir toute ſa forme. Si je tranchais celle-ci dans ſon moment le plus intéreſſant, on pourrait ſupoſer que le Chevalier m'aurait quittée, ſans daigner attendre le dénouement. Cette révolution donnerait carrière à mille ſottes conjectures, & nuirait à la réputation de mes charmes. Mais, loin que je vouluſſe traverſer ta fantaiſie, tu vas au contraire m'obliger infiniment en me débarraſſant d'un adorateur que je n'ai nullement envie de conſerver… Dépêche-moi vîte ton Protégé. Dans une heure je te le rends ; &, ſi tu veux, ce ſera pour la vie.

C É C I L E *avec feu, lui baiſant la main.*

Comment ne vous adorerais-je pas !

L A   C O M T E S S E .

Tu te moques ! Je ne fais rien pour toi dans ce moment. Mais tu pourrais exiger de moi dans tous les tems… juſqu'à des ſacrifices, s'il en fallait pour te convaincre de mes ſentimens. *Elles s'embraſſent. Cécile va chercher le Chevalier, Celui-ci vient ſeul.*

《══════════》

La Matinée libertine , ou les Momens bien employés, 1787-séparateur

Le Chevalier eſt un grand garçon bien fait, brun, au maintien noble, mais aïant dans la phyſionomie quelque choſe d'un peu dur. Il a un caractère, *ce qui n'eſt pas une diſpoſition à ſe former bien aiſément aux mœurs que la Comteſſe paraîtrait ſouhaiter de trouver en lui. Ce Cavalier eſt d'ailleurs ardent dans ſes amours, franc, comme ſa lettre l'a fait voir, & l'on va voir encor qu'il eſt aſſez confiant, très-tendre par le cœur, & très-vif dans ſes careſſes. La Comteſſe, capable de toute la colère qu'on ſçait quand le Chevalier n'était pas auprès d'elle, ne peut cependant s'empêcher en le voïant, d'éprouver des mouvemens très-favorables pour lui. Elle eſt frapée de ſa bonne mine, & tout le perſiflage par lequel elle débute avec lui, n'éloigne pas la première idée qui a été.* « Je ſerais bien dupe de laiſſer échaper cette charmante occaſion. Aïons du plaiſir ».

La Matinée libertine , ou les Momens bien employés, 1787-séparateur

L A C O M T E S S E *gracieuſement.*

N'admirez-vous pas ma conduite à votre égard, Monſieur le Chevalier ? et dans le fond du cœur n'êtes-vous pas confondu de me voir ſi modérée ?

L E C H E V A L I E R .

J'ai peut-être de grands torts, Madame ; mais avouez qu'il eſt cruel pour un galant homme…

L A C O M T E S S E *d'un ton affecté.*

Bon Dieu ! quelle diſcuſſion allez-vous entamer ! n'eſt-ce pas deja trop d'avoir écrit ſur ce chapitre une jérémiade qui n'a pas le ſens commun.

LE CHEVALIER.

Plût à Dieu qu'on pût m'en convaincre !

LA COMTESSE.

Penſez-y bien, Monſieur. Je déteſte les jaloux.

LE CHEVALIER.

Ah ! ſi vous penſiez vous-même que je vous aime à l'excès.

LA COMTESSE.

Et c'eſt préciſément cet excès que je blâme, qui me fatigue, et qui (je le dis à regret, mais je ſuis trop franche pour vous le diſſimuler) qui me fera perdre les trois quarts de plaiſir que je me permettais quand je formai le projet de répondre à vos agaceries.

LE CHEVALIER étonné.

Quel étrange diſcours : et que tout ce que je viens d'entendre figure mal avec ce qui ſe paſſe en moi ! Pouvez-vous répondre par des expreſſions d'une faibleſſe auſſi décourageante, d'un froid auſſi glaçant, à celles de l'amour le plus paſſionné ! Vous nommez *agaceries* les ſoins les plus ſuivis, les plus recherchés ! C'eſt pour répondre à mes *agaceries* que vous m'avez flatté du plus riche eſpoir ! Je ne le dois pas à cette invincible réciprocité de ſentimens, à ce charme inexprimable qui confond les ames ſans effort &

69

ſur-tout ſans calcul… En un mot, il faut que je ſois idolâtre de vous, & que je ne ſois que ſupporté…

LA COMTESSE *interrompant par un* éclat de rire.

Je vous prie de m'écrire tout cela, Chevalier, et je prierai mon petit Abbé, qui me fait des vers comme un ange, de me rimer cette tirade en une belle élégie.

LE CHEVALIER.

Quel perſiflage hors de ſaiſon ! Ah ! ſi vous m'aimiez, cruelle, vous n'auriez pas le froid caprice de me faire des épigrammes, et d'y perdre un moment qui pourrait être ſans prix pour deux amans inſpirés comme je le ſuis.

LA COMTESSE.

Eh ! qui vous dit, homme biſarre, que je vous aïe aſſigné pour vous faire entendre des épigrammes, et que je ne ſois pas auſſi inſpirée à ma façon ! Mais vous imaginez-vous que je me piquerai de vous ſuivre dans les ſublimes régions où vous volez après l'amour et le bonheur qui ne s'y trouvent point !

LE CHEVALIER *avec ſentiment.*

L'un eſt dans mon cœur. Je ne cherchais l'autre qu'auprès de vous à qui je ſuppoſais une ſenſibilité…

LA COMTESSE *interrompant.*

Que j'ai, Monſieur mais qui n'eſt pas celle qui peut vous rendre heureux. Elle eſt douce ; elle craint les ſecouſſes violentes. Elle ſe contente d'un bonheur bien rond, bien égal, tandis qu'il vous faut de ces criſes extraordinaires, fatigantes, qui balottent les gens de fond en comble dans les vaſtes chimères de la paſſion.

L e   C h e v a l i e r .

Nouvel affront à l'amour. Des ſophiſmes à la glace…

L a   C o m t e s s e .

Nouvel affront au bon ſens ! Une manière de prendre les choſes qui va vous cacher de plus en plus le chemin par lequel vous pourriez arriver à votre but. De quoi s'agit-il enfin ? De me plaire, n'eſt-ce pas ?

L e   C h e v a l i e r .

Ou de mourir de chagrin.

L a   C o m t e s s e .

Eh bien ! enthouſiaſte que vous êtes ! renoncez aux viſions. Soïez doux, confiant, ſans jalouſie, ſans envies ſurtout, et tout le reſte ira pour le mieux. Laiſſez entrer chez moi (ſans calcul, à votre tour) quiconque me fera plaiſir d'y venir, puiſque je l'aurai prié ; ſongez beaucoup à vos propres intérêts, & ne vous occupez nullement de ceux des autres… En un mot, prenez-moi telle que je ſuis ; jugez de mes ſentimens pour vous, d'après la manière dont je vous traite, & non d'après mes occupations du matin ; dont je n'aurai certainement la complaiſance de rendre compte à qui que ce ſoit…

L e   C h e v a l i e r , avec dépit.

Nous ſommes de grands ſots, nous autres hommes, quand nous avons la rage d'être amoureux ! Vous venez, Madame,

de me dire net tout ce qui devrait me convaincre que je ne
fuis point aimé tout de bon, & que je ne ferai jamais près de
vous qu'un acceffoire, un efclave ; que dis-je ? peut-être
n'aurai-je pas le bonheur d'être long-tems fouffert même fur
ce pied… Cependant je veux m'aveugler ; je veux trouver à
vos aveux mortifians un fens qu'à la rigueur on puiffe
tourner à mon avantage… Je veux…

L A   C O M T E S S E interrompant.

Je veux, moi, que vous ceffiez d'extravaguer. (*Elle
regarde à fes montres qui font à portée*). Il eft près de midi.
Je me propofe de refpirer un moment l'air du boulevard
avant dîner ; je vais aux Italiens ce foir ; je foupe enfuite
chez le nouveau Miniftre : vous voïez qu'à travers tout cela,
vous prenez bien mal votre tems pour me chanter pouilles.
Ce n'était pas pour cela, d'honneur, que je vous avais
ménagé quelques inftans d'un jour auffi deftiné.

L E   C H E V A L I E R en colère.

C'eft cet infernal Abbé…

L A   C O M T E S S E gaîment.

L'Abbé ! Je vous jure que malgré le noble dédain que
vous avez pour lui il n'eft pas à beaucoup près d'auffi
mauvaife fociété que vous. Il eft infinuant, il n'exige que ce
qu'on veut ; on fe retourne comme on l'entend avec lui ;
tout lui eft égal ; tout lui convient…

L E   C H E V A L I E R outré.

Eh ! c'eft précifément avec cette damnable & non moins
baffe facilité qu'on vient à bout de tout avec votre fexe

72

impérieux. Il fe laiffe volontiers dominer en effet, pourvu qu'il ait les honneurs apparens de la domination.

L A   C O M T E S S E .

Ah ! ne croïez pas pour cela que l'Abbé foit fans nerf ?

L E   C H E V A L I E R .

Pourdieu ! Madame, délivrez-moi du tourment d'entendre votre belle bouche louer un femblable atôme.

L A   C O M T E S S E .

Je n'abandonne point mes amis opprimés. Cet atôme eft à mon fens un joli petit corps. — Mais comme il triompherait, l'Abbé, s'il pouvait nous écouter s'il fçavait que vous lui faites l'honneur d'être jaloux de fon chétif mérite !

L E   C H E V A L I E R .

Vous convenez donc enfin que ce croquant eft une balle de vent. Mais tout de bon… vous allez vous en offenfer, & me traiter encor plus mal… N'a-t-il pas quelque projet ? quelque efpérance ?

L A   C O M T E S S E .

Ecoutez, Chevalier, je vois que la pauvre tête eft malade ; il faut la guérir. — Oui ; l'Abbé a pu, tout comme un autre, avoir quelques prétentions ; mais j'ai bien fçu les lui faire perdre.

L E   C H E V A L I E R .

Je renais…

L A   C O M T E S S E .

73

J'ai réglé net *le pied* fur lequel il pouvait conferver quelque accès chez moi. Oh ! je l'ai mis fi fort à l'étroit, qu'à moins d'être jaloux de tout le monde, fon fort n'a pas de quoi donner de l'ombrage aux Amans.

L E   C H E V A L I E R .

Eh bien ! voilà des confidences dont je vous fais un gré infini. Je crois y voir enfin de la franchife et un excellent procédé.

L A   C O M T E S S E .

Calculez, Chevalier, vous qui foupçonnez les autres de *calcul* ; voyez fi le petit Prieur eft d'étoffe à ce qu'une femme comme moi puiffe faire de lui quelque chofe de principal ? Un choix de cette efpèce ne ferait-il pas ridicule, flétriffant ? Cela a-t-il une réputation ?…

L E   C H E V A L I E R   *interrompant.*

Une mauvaife : oui.

L A   C O M T E S S E   *pourfuivant.*

Un rang ? une fortune ? des dignités ? ou du moins… ces grandes reffources fecrettes qui font qu'on facrifie quelquefois aux délices du *tête-à-tête*. L'opinion du public qui, fuivant à la pifte dans leur carrière galante les femmes dont il aime à s'occuper, ne leur pardonne pas quand elles font de dérogeantes épifodes…

L E   C H E V A L I E R .

Eh ! ne peut-on pas fe fouftraire à l'opinion du Public, en faifant un choix fixe… louable…

74

La Comtesse *vivement.*

Je vous vois venir, mon cher. En finiſſant ſon Roman par vous ? Voilà ce que vous n'oſiez dire ? Où donc avez-vous vécu pour croire qu'à mon âge on ſe réſout à faire retraite ? C'en eſt une, ne vous y trompez pas, que de prendre un Amant à l'éternité. Comment ! mais c'eſt bien pis que de ſe marier. Oh ! non, Chevalier ; vous me plaiſez beaucoup, beaucoup ; vous pouvez vous en flatter, mais non pas de chercher mes deſtinées ; vous n'y avez qu'un chapitre, après lequel je vous prédis qu'il en viendra néceſſairement beaucoup d'autres. Je retourne à mes moutons. Je dis qu'on n'*a* point un petit Abbé de Saint-Longin ; mais on *a* réellement et l'on retient le plus long-tems qu'on peut, un Duc de *** parce qu'il eſt la perle des hommes à bonnes fortunes. On *a* ou l'on fait ſemblant d'*avoir* Blancheville, parce qu'il a des talens enchanteurs ; on a des complaiſances pour un F… pour un T…, parce que le renom de gouverner ces importans entraîne celui d'avoir une certaine influence dans la diſtribution des graces de la Cour… Quant à un petit Prieur moitié bel-eſprit, moitié aventurier, qu'en faire ? — Croïez que le petit perſonnage, de lui-même, ſçait ſe mettre aſſez à ſa place, pour ne pas s'expoſer aux dangers de certaines vues et de certaines rivalités… Faut-il finalement vous livrer ſon ſecret ? *Souriant.*) C'est un *amateur de bénéfices,* et dans le cours des mouvemens qu'il ſe donne à pouſſer ſa pointe parmi des femmes telles que moi…

Le Chevalier.

J'entends… il peut attraper quelque bénéfice… A la bonne heure ; il faut que tout le monde vive.

L A   C O M T E S S E .

Eh bien ! il fallait donc, inſenſé que vous êtes, pour vous faire une juſte idée de mes relations avec le Prieur, il fallait prendre juſtement le rebours de ce que vous avez d'abord imaginé.

L E   C H E V A L I E R , *ſerein.*

Vous me perſuadez : oui, je déteſte maintenant mon abſurde jalouſie. Souffrez, adorable Comteſſe, que j'en faſſe amende honorable à vos pieds… (*Il tombe à genoux, & lui baiſe les mains*).

L A   C O M T E S S E *gaiment.*

Ah ! ſi c'eſt là que vous croïez devoir la faire…

L A   C O M T E S S E *ſe relevant.*

Eſt-on divine ! — Que de grâces à montrer tant de bonté ! [*Il commence à prendre quelques licences*].

L A   C O M T E S S E *gaiment.*

Monſieur le fripon ! il faut, comme vous voïez, que j'aie une bonne doſe d'indulgence, et que vous ſçachiez bien toute la valeur du moment où l'on ſe raccommode…

L E   C H E V A L I E R   *allant toujours ſon chemin, maître de la gorge, & cherchant d'autres apas.*

Eh ! devions-nous être un ſeul inſtant brouillés… [*Les touchant & les mettant à découvert*]. Ciel ! que de beautés !

76

[*Il y jette à la hâte quelques baiſers ; en même tems il produit de quoi leur faire face*].

L A   C O M T E S S E à la vue d'un objet d'une proportion peu commune.

C'eſt cela que vous me deſtinez, Chevalier ? Miſéricorde ! non certainement jamais un tel bélier ne m'aſſiégera, mon cher… (*Elle cherche à ſe débarraſſer du Chevalier*).

L E   C H E V A L I E R .

Y penſez-vous ? Est-ce un nouveau jeu de votre réelle indifférence ?

L A   C O M T E S S E .

Y penſez-vous vous-même ? Je vous dis qu'il y a là de quoi me mettre en lambeaux… Je ne m'y expoſerai

point aſſurément…

La Matinée libertine ou les Momens bien employés, 1787
illustration

L e   C h e v a l i e r *uſant avec ménagement
de ſa vigueur, pour demeurer à peu près
maître du champ de bataille.*

J'ai pour moi l'expérience. Je ſais que jamais qui que ce
ſoit…

L a   C o m t e s s e .

Je ſais que ſi je vous laiſſais faire, je ſerais une femme…
morte.

L e   C h e v a l i e r .

Daignez au moins riſquer l'eſſai.

L a   C o m t e s s e *ſe prêtant un peu.*

Vous croiriez que c'eſt caprice… tiédeur ?… et nous
ferions brouillés. Je vais… me *ſacrifier* une minute ; vous
verrez que… c'eſt la choſe impoſſible… (*En effet, cela
commence par ne pas bien aller*). Impoſſible ! je vous le
diſais bien… Je ſerai déchirée… Vous ne ſerez point
heureux… Ouf, Chevalier…

L e   C h e v a l i e r *pouſſant.*

Je réponds du ſuccès, pourvu que vous n'en déſeſpériez
pas vous-même.

L a   C o m t e s s e *riant.*

Mais a-t-on auſſi jamais produit dans un certain monde
quelque choſe de ce volume, et de cette cruelle roideur ?

L e   C h e v a l i e r .

Vous êtes la première qui me faites cette guerre. Juſqu'à préſent mon heureuſe difformité ne m'avait attiré que des éloges.

La Comtesse *ſe prêtant beaucoup.*

La guerre que je vous fais n'empêche cependant pas… que… (*Elle ſoupire & fait un peu la grimace*).

Le Chevalier *uſant avec ménagement de la complaiſance qu'on lui marque, cherche à s'établir le plus avantageuſement poſſible.*

C'eſt que ce céleſte réduit donne ſi peu de facilité… *Il prend le parti de le mettre en train par un chatouillement très-vif, avec le doigt dont il ſe ſervait pour reconnaître le terrein.*

La Comtesse *très-agréablement émue.*

Voilà… voilà par exemple ce qu'on appelle du plaiſir. Hélas ! que n'en ſuis-je quitte pour ce que tu m'en fais maintenant. Ha !… ha !… — Que cette gauche nature a mal fait les choſes ! Au lieu de ces monſtres… *Elle touche en même tems celui du Chevalier.* Un doigt agile, pénétrant, un rien, ne ſuffirait-il pas aux beſoins d'une femme délicate ! — *A ſon doigt le Chevalier fait ſuccéder pour le même objet le monſtre prétendu.* Charmante variation !… Ce prélude ſeul pouvait me déterminer à tenter encor le reſte…

Le Chevalier *entrant.*

Vous reconnaiſſez enfin…

L A   C O M T E S S E *le fecondant de tout fon possible.*

Va doucement… là… donne-moi ta bouche… ha… *En même tems le Chevalier lâche fa bordée.* Ah ! mal-adroit ! qu'as-tu fait ? Nous étions en fi beau chemin !… Comme tu m'as arrangée !…

L E   C H E V A L I E R *dehors, mais fans que cet accident change rien à fes difpofitions.*

C'eft à ce contre-tems lui-même que je vais devoir mon bonheur. Il pénètre.

L A   C O M T E S S E .

Tout au mieux. — *Un baifer mordant.* — Puifqu'il le faut abfolument, armons-nous de courage… Allons. *Elle s'enflamme, fanglotte, baife & mord voluptueufement le Chevalier qui n'eft point en refte.* Bon !… de mieux en mieux… Je ne l'aurais jamais imaginé…

L E   C H E V A L I E R *établi.*

Délicieufe fortune !

L A   C O M T E S S E *l'aidant avec délire.*

Va… va… mon bon ami… tu me fais pourtant un mal… raviffant. Mais Je brave tout… *Il eft à fond. Elle commence à fe donner des mouvemens très-vifs.* Tiens… tiens… fens-tu le torrent… *Elle donne deux ou crois coups de reins favans & terribles.* Ha !… ha !… puiffes-tu partager !… Je… je te fens… Noyons-nous… mou… mourons… — *A cet orage de félicité fuccède un calme enchanteur qui dure* quelques minutes. *De longs ſoupirs annoncent la réſurrection de ces Amans fortunés. Le Chevalier revient à la charge.*

L A   C O M T E S S E *peu faite à cette continuité de deſirs.*

Mais… mais voilà qui eſt d'une folie !… Ne ceſſes-tu jamais !

L E   C H E V A L I E R .

Ne vous oppoſez pas.

L A   C O M T E S S E *ſe débattant.*

Non… non, mon cher… Attends. Je te ſupplie… Grace pour aujourd'hui. Demain… un autre jour, autant qu'il te plaira… *Elle eſt la plus faible.*

L E   C H E V A L I E R *établi de nouveau.*

Deux minutes encor…

L A   C O M T E S S E *ne réſiſtant plus que pour la forme.*

Voyez un peu cet entêtement… Chevalier ?… malgré moi !… le beau triomphe !…

L E   C H E V A L I E R *s'agitant comme un homme en convulſion.*

Il faudra bien, Divine ! que tu le partages. *Le monſtre eſt totalement niché. La vigoureuſe cadence du Chevalier gagne la Comteſſe ; elle rend effort pour effort.*

L A   C O M T E S S E .

Il n'en aura pas le démenti !... Et nous avons l'empire ! Pauvre honneur de notre ſexe, que deviens-tu dans ce moment ! — *Ces réflexions morales n'empêchent pas qu'elle ne ſuive avec préciſion les impétueux mouvemens du Chevalier.*

L E C H E V A L I E R *hors de lui.*

C'eſt le Ciel !

L A C O M T E S S E.

Ne te preſſe pas, cher Tou-tou ; et puiſqu'il faut néceſſairement faire ce que tu veux, fais que je trouve ici mon compte... avec le tien... *Les ſecouſſes deviennent ſi vives de part & d'autres que la Comteſſe met ſon homme dehors.*

L E C H E V A L I E R.

Ah ! tant-mieux, tant mieux. Nous allons nous rattraper...

L A C O M T E S S E.

Laiſſe-moi réparer ma ſottiſe. *Elle remet elle-même en place le monſtre qui pour le coup ſe loge ſans difficulté, mais non pas ſans cauſer une bien vive ſenſation de plaiſir.* Ce n'eſt pas un homme ; c'eſt un Dieu ! — Prudemment maintenant... File-moi le bonheur... Comme il eſt taillé ce grivois-là ! Quels reins ! quelle élaſticité !... moins fort, cher ami... bon... prolonge tes mouvemens... à ravir...

L E C H E V A L I E R *reconnaiſſant l'excellence du conſeil.*

C'eſt le bonheur ſuprême…

LA COMTESSE *avec égarement.*

Va… le bonheur ſuprême eſt de mourir dans tes bras… *Ses tranſports redoublent ; elle mord avec fureur, & peut à peine articuler…* Que je ſouffle mes feux juſqu'au fond de ta poitrine !…

LE CHEVALIER, *dans le même état.*

Non ; l'on n'a pas vécu…

LA COMTESSE *interrompant.*

Si l'on n'a pas été fou… *Un baiſer lui coupe la parole.* Comme je le ſuis… Je vois tes yeux… Eh bien… Et les miens !… Il eſt tems… Ne me quitte plus… double… redouble… ſuis-moi… tant que tu pourras maintenant… Ah ah !… c'eſt du feu… c'eſt la foudre… Je ſuis anéantie… conſumée… je… je meu… eurs…

◖══════════◗

La Matinée libertine , ou les Momens bien employés, 1787-séparateur

Eh bien ? — qui ne croira qu'après une aussi fougueuse passade la Comtesse n'eût pris de son Chevalier la plus haute opinion et n'eût conçu le desir de le conserver ? — Point du tout : ces mots enchanteurs dont elle a flatté l'amour et poussé à leur comble les désirs de son amant n'étoient que l'inspiration du moment et l'effet du magnétisme érotique. L'ame ne les avoit point dictés. Le

Chevalier n'eut pas plutôt tourné les talons, après un adieu d'autant plus tiède que le tête-à-tête avait été brûlant, à peine, dis-je, se fut-il retiré, que la Comtesse désenchantée, rassasiée, céda tous ses droits à Cécile, en l'avertissant toutes fois qu'il y avait du danger pour elle, susceptible de s'échauffer la cervelle à former des liaisons avec un homme ardent lui-même, exigeant, jaloux, et trop disproportionné pour être le fait d'un tendron à peine défloré : le monstre fut décrit ; mais Cécile ne s'en effraïa point ; soit que par un heureux instinct elle n'eût pas peur des monstres soit qu'elle soupçonnât la Comtesse de faire l'étroite, ce que les Dames les moins autorisées à cela se permettent assez généralement. — Enfin le Chevalier ne conserva pas lui-même un désir bien formel de fixer la Comtesse, d'autant mieux que le lendemain matin il eut encor la disgrace de voir entrer l'Abbé de St. Longin dans l'hôtel. = Même marche que la veille. Plaintes chez Cécile pendant qu'il se passait Dieu, sçait quoi, chez la Comtesse. Cécile mit tant de zèle à consoler le Chevalier, qu'elle l'attendrit. = Ah ! si Madame avait vôtre sensibilité ! — Ah ! si quelqu'un m'aimait comme vous aimez Madame ! = De fil en aiguille, à force de prendre de l'estime l'un pour l'autre, mes deux héros de roman se montèrent si bien la tête, qu'elle leur tourna. Le Chevalier, malgré ses principes, mit le monstre de la partie. Cécile voulut absolument se persuader qu'il n'était point autant à craindre qu'on avait tâché de le lui faire croire ; pour s'en assurer mieux elle se soumit à l'épreuve et brava le danger avec une héroïque intrépidité. En effet, au moïen de tout ce qu'on a coutume d'emploïer en pareil cas, le monstre se glissa sans trop de ravage chez la délicate Cécile qui n'en mourut pas. Dès lors tout se passa parfaitement bien entre ces amans. Cécile fit confidence à la Comtesse du service qu'elle venait de lui rendre ; mais cette Dame ne confia ce qui s'était passé avec l'Abbé, qu'autant qu'il le fallait pour satisfaire le besoin de jaser, et toujours en style Oriental, auquel Cécile l'ingénue fut encor huit jours entiers sans rien comprendre. Un degré de plus de démangeaison de parler, fit que la Comtesse avoua tout, ce qui parut au reste si incroïable à Cécile, qu'il fallut absolument lui faire pratiquer la chose avec l'Abbé. Celui-ci fut comblé, leva les doutes en maître, et fit convenir l'Écolière que la petite récréation en question pouvait avoir lieu ; mais elle ne convint point des agrémens qu'y trouvait enfin la Comtesse, et jura in petto, *que malgré son respect pour les documens et l'exemple de son amie, elle s'en tiendrait à la douce méthode du Chevalier.*

FIN.